die dinge, die ich denke,
während ich höflich lächle...

sharon dodua otoo

D1927583

edition assemblage

Die Autorin
Nach jahrelanger aktivistischer Tätigkeit in der Schwarzen deutschen Community setzt *Sharon Dodua Otoo* auch auf dem literarischen Feld weiterhin auf Empowerment. In die Trennungsgeschichte einer in Deutschland lebenden Schwarzen britischen Frau fließen ihre Beobachtungen über Alltagsrassismus und Privilegien mit ein.

Sharon Dodua Otoo ist Schwarze Britin – Mutter, Aktivistin, Autorin und Herausgeberin der englischsprachigen Buchreihe „Witnessed" in der edition assemblage. Ihre bisher jüngste Publikation und erste Teil der Reihe „The Little Book of Big Visions" wurde mit Kuratorin *Sandrine Micossé-Aikins* herausgegeben (edition assemblage 2012). Sharon Dodua Otoo lebt, lacht und arbeitet in Berlin. „the things i am thinking while smiling politely" ist ihre erste Novelle.

eine Novelle von
SHARON DODUA OTOO

die dinge, die ich denke, während ich höflich lächle…

Aus dem Englischen von Mirjam Nuenning

edition assemblage

Originalausgabe:

Sharon Dodua Otoo

the things i am thinking while smiling politely

Münster 2012

Sharon Dodua Otoo

die dinge, die ich denke, während ich höflich lächle...

Aus dem Englischen von Mirjam Nuenning

1. Auflage, 2013

ISBN 978-3-942885-39-3

www.sharonotoo.com

edition assemblage

Postfach 27 46

D-48014 Münster

info@edition-assemblage.de | www.edition-assemblage.de

Mitglied der Kooperation *book:fair*
Mitglied der *assoziation Linker Verlage* (aLiVe)

Umschlagsgestaltung: Markus Weiss (www.typogo.de)

Foto: © istockphoto.com/fitzer, Fotomodel: Ilona Benthien

Lektorat: Carina Büker

Satz: Willi Bischof, edition assemblage (www.edition-assemblage.de)

Printing: CPI Clausen & Bosse, Leck

Printed in Germany 2013

Für

Florence Naa-Oyoo Lawson

Oyiwala doŋ

zehn

… begleitet von dem Geräusch eines rhythmischen Protestsummens. Im Flur findet mein Finger den Knopf der Gegensprechanlage. Die Sohlen meiner Füße leiden auf dem kalten Holzfußboden. Ama kündigt sich an. Ich stelle sie mir unten an der Eingangstür vor, ihre Handtasche fest an sich klammernd. Im Hintergrund kann ich zwei Autos vorbeifahren hören. Ihre Stimme klingt undeutlich und weit entfernt, aber ihr Gemütszustand erreicht mich mit der Klarheit eines Kristalls.

Ja. Sie ist wütend.

Leicht schwankend betätige ich den Türöffner, um sie einzulassen. Trotzdem. Ich entriegele die Eingangstür zu meiner Wohnung. Ich humpele zurück in mein Schlafzimmer.

Ama stürmt die Treppe hinauf in den dritten Stock, schmeißt meine Wohnungstür auf und schickt meinen Namen, so laut sie nur kann, auf die Suche nach mir. Mittlerweile habe ich mich bereits wieder hingelegt und bin nicht in der Stimmung, zu dieser zarten Tageszeit so angesprochen zu werden. Ich bleibe still.

Ama folgt dem Klang ihrer Stimme, bis er, sie und ich in meinem Zimmer zusammentreffen, und obwohl sie nicht ausdrücklich dazu eingeladen wurde, nimmt sie ihren Platz auf meinem Bett und in meinem Sonntagmorgen ein.

„Wo warst du gestern Nacht?“

Nun, es ist ja nicht so, als hätte ich nicht gewusst, dass ich eine Antwort auf diese Frage würde vorbereiten müssen. Ich bin nicht sicher, ob „geht dich einen Scheißdreck an“ angemessen für den heutigen Tag wäre (da es natürlich ein heiliger Tag der Ruhe ist), noch wäre es eine große Leistung, in Anbetracht der ganzen Zeit, die ich hatte. Das Beste, was ich machen kann, ist so zu tun, als ob ich sie nicht gehört hätte – und das ist wirklich lächerlich, denn:

a) sie durchschaut mich sofort und

b) sie fragt mich einfach nochmal. Ohne auch nur mit der Wimper zu zucken.

Also sage ich ihr die Wahrheit.

„Till und ich sind zu ihm nach Hause gegangen."

„Und dann?"

„Dann sind wir zurückgekommen."

„Und dazwischen?"

Ich werde schon wieder heiß, wenn ich nur daran denke.

„Wir … ähm … haben den guten alten Zeiten körperlich Tribut gezollt."

Ama verliert nicht oft die Geduld. Sie ist höchst professionell. Ich bewundere sie in der Tat sehr dafür. Sie ist stets pünktlich, perfekt gestylt und überlegt sich sorgfältig jede Silbe, bevor diese ihren Mund verlässt. Aber selbst ich kann sehen, dass ich sie dieses Mal extrem auf die Probe gestellt habe.

„Bist du völlig durchgeknallt?" Ama starrt mich wütend an. „Nach allem, was passiert ist? Hast du nicht vor 24 Stunden noch von Scheidung geredet?"

„Die Scheidung hat nichts damit zu tun", sage ich leise. Während ich spreche, schüttele ich den Kopf und gucke ringsumher, überall hin – außer in irgendeine Richtung wo Ama und ich Blickkontakt haben könnten. Es ist übrigens außergewöhnlich schönes Wetter für einen Januartag.

„Verdammt!", schreit sie und wirft ihre Tasche nach mir, deren Inhalt sich, so scheint es, in alle vier Himmelsrichtungen meiner Welt verteilt. Ich verkrieche mich unter meiner Bettdecke und versuche so zu tun, als hätte sie sich in Luft aufgelöst … disappariert … oder so. Es ist nun so totenstill, dass ich schon glaube, sie habe es vielleicht tatsächlich getan. Ich spähe unter der Decke hervor – sie schreit mich augenblicklich wieder an. Lang und breit. Und außerdem in einer ziemlichen Lautstärke.

… vielleicht hätte ich es ihr nicht sagen sollen.

Seit Till angekündigt hat, dass er mich verlassen würde, haben Ama und er nicht miteinander gesprochen. Zufälligerweise fand dieses kurze, aber dramatische Gespräch am selben Tag statt, an dem die Wasseruhr im Europa-Center stehen blieb. Ein weiteres „unglaublich" – aber wahr! Während ich also neben meinem wunderschönen zukünftigen Ex-Mann stand und meinen Atem anhielt, um nicht zu implodieren, waren da noch ca. 3,5 Millionen andere Menschen in Berlin, die im selben Moment auch fühlten, wie die Zeit stehen blieb. Bis zu diesem verhängnisvollen Augenblick hatte Ama geglaubt, der Herrgott persönlich hätte Till zur Welt gebracht und ihn zärtlich in einem aus Gold gewebten Tragetuch gewiegt, bis er ihn sanft, aber widerwillig seiner irdischen Mutter überreicht hatte, um ihn unter uns Normalsterblichen großzuziehen. Offensichtlich ist es zu viel verlangt, sie zu bitten zu verstehen, warum ich ihn – trotz allem – immer noch so sehr liebe. Und je mehr Zeit ich mit ihr verbringe, desto trauriger und deprimierter werde ich. Weil Ama recht hat. Ama hat recht und ohne mich wird Till nie wieder glücklich werden (ich werde den Rest meines Lebens damit zubringen, das sicherzustellen).

Ama steht auf, um mich mit meinen Schlafzimmergedanken alleine zu lassen. Das heißt, ihr Körper signalisiert, dass es das ist, was sie als nächstes tun wird. Als ihre Nackenmuskeln zucken, füllen sich meine Augen mit Tränen und meine Stimme bebt, obwohl ich kein einziges Wort sage. Sie verwirft den Gedanken zu gehen, und macht kehrt, um mich anzuschauen. Diverse Fragmente formen sich und fallen aus meinem Kopf heraus. Die Leere, die ich danach fühle, sieht lauter aus, als sie je zuvor gerochen oder geschmeckt hat – sie bringt mich zum Zittern und Schluchzen. Später werde ich herausfinden, wie sehr auch Ama mich hintergangen hat. Aber im Moment ist sie die einzige lebende Person, die mich halten kann …

*****

Namen sind wichtig, doch an meinen erinnere ich mich nicht mehr. Ich habe mich nie besonders für meinen sogenannten Mädchennamen interessiert. Eine förmlich gekleidete weiße Dame funkelte mich einmal mit kaum verborgener Empörung wütend an, als ich ihr auf ihre kundendienstlich geschult höfliche Frage entgegnete, dass es wirklich nicht wichtig sei, wie sie meinen Namen ausspreche. „Natürlich ist es wichtig!", sagte sie mit leicht, aber bestimmt zusammengebissenen Zähnen. „Es ist schließlich Ihr *Familienname*!"

Meine Augen entdeckten etwas ziemlich Spektakuläres auf einer Wand irgendwo rechts von ihrem Gesicht. Vielleicht hatte sie selbst Identitätsprobleme. Wie auch immer, es war mir wirklich egal. Ich wusste ja nicht mal, wie ich meinen ghanaischen Namen biegen und brechen konnte, um ihn für englische Zungen passend zu machen – und ihn einfach in seiner vollen tonalen Pracht frei über meine Lippen gleiten zu lassen, hätte nur noch mehr hervorgehoben, wie wenig ich hier eigentlich hingehörte. Ich wünschte, Auntie hätte an so etwas gedacht und mir eine anständige afrozentrische Unterweisung gegeben, bevor sie mich der Indoktrination, allgemein bekannt als britisches Schulsystem, überließ. Vielleicht hätte ich gelernt, besser mit meiner Identität in der Öffentlichkeit umzugehen.

Ach ja, und der andere Grund, warum ich meinen Namen misshandelte, war, weil ich nicht eine Sekunde länger als wirklich nötig mit meinem Vater in Verbindung gebracht werden wollte. Seelisch verließ ich England am Morgen meines achten Geburtstages. Körperlich schaffte ich es, nach so einigen Fehlstarts, kurz nachdem ich achtzehn wurde. Es war also eine ziemlich inspirierende Sache für mich, als ich Till in meinem Auslandsjahr in Deutschland kennenlernte. Jemanden, dessen Familienname so unmissverständlich zu dem Land gehörte, in dem er geboren wurde, aufwuchs und lebte, dass ich nur dachte: wie sexy ist denn *das?* Und ich wusste, dass ich mir diesen Namen zu eigen machen musste. Trotzdem hinderte dies andere förmlich gekleidete weiße Damen in kalten Büros nicht daran, „Wie bitte?“ zu sagen und mich zu bitten, meinen Namen noch einmal zu wiederholen – so als wären sie enttäuscht, weil sie mit einem Namen wie *Umdibondingo* oder so ähnlich gerechnet hatten.

Mehrere Monate nachdem wir geheiratet hatten, erfuhr ich, dass „Peters“ auch der Familienname eines kolonialen Aggressors gewesen war, und obwohl ich nicht gleich anfing den Namen zu hassen, hörte ich doch auf, mich damit zu schmücken wie mit einem großartigen Pelzmantel, und begann stattdessen, ihn wie einen hässlichen Schal zu behandeln: nützlich und notwendig bei kaltem Wetter, aber nicht gerade das Kleidungsstück meiner Wahl, und sollte ich ihn eines Tages verlegen oder ihn etwa verleihen und niemals zurückbekommen, so wäre mir das ziemlich egal. Till, der seinen Vater niemals richtig gekannt hatte, hatte wenig Verständnis für meine Besessenheit von seinem Familiennamen und amüsierte sich immer köstlich, wenn ich zu stottern begann, wenn ich mich selbst oder unsere Kinder vorstellte. Am Anfang scherzten wir darüber, uns einen eigenen Familiennamen auszudenken. Jetzt wird mir bewusst, dass ich, hätten wir das getan, wenigstens meine Hälfte davon hätte behalten können, nun, da er nicht mehr da ist.

Zwischen zwei Namen von Männern, die mich verlassen haben, gefangen zu sein, ist irgendwie verwirrend. Der letzte Gedanke, den ich hatte, bevor ich an dem Morgen einschlief (dem Morgen nach der Party, dem Morgen, nachdem ich den Inhalt meines Magens in der Toilettenschüssel ausgeleert hatte) war, wie sich die Kinder wohl fühlen würden, wenn auch sie ihren Familiennamen ändern müssten.

Granatsplitter (2):

„ ... wenn wir keine

gemeinsamen Kinder hätten,

würde ich dich nie

wieder sehen ... „

neun

...was mich überraschte, denn immerhin waren wir ja in Berlin. Damals bewunderte ich Die Australierin für ihre Ehrlichkeit. Jetzt war ich zwar nicht mehr britisch genug, um sie eine „Freundin" zu nennen, aber auch noch nicht deutsch genug, um es ihr frei zu sagen.

Wir saßen draußen vor einem Café in der Skalitzer Straße und sollten eigentlich gemeinsam an einem Abstract arbeiten. Ich beobachtete, wie die Anzugträger hastig ihre Cappuccinos austranken und aufstanden, was den Babytragenden, die gerade ihre Kinder zur Schule gebracht hatten, Platz schaffte. Ich beneidete sie. Sie hatten jetzt ihre Ruhe, während ich hingegen? Die Australierin hörte einfach nicht auf zu reden! Ich kannte sie seit etwa drei Jahren und fühlte mich in diesem Moment so, als hätte sie mich für diese *gesamte* Zeit ohne Pause belehrt. Sie wollte gerade anfangen, mir eine informative, aber im Grunde genommen uninteressante Geschichte darüber zu erzählen, wie sie Vegetarierin geworden war, als ich beschloss die Monotonie zu beenden, indem ich meinen eigenen steinigen Weg zur veganen Lebensweise beschrieb und erzählte, was ich nicht dafür geben würde, um *„genau jetzt"* ein knuspriges Bacon-Sandwich zwischen meinen Zähnen zu halten.

Es war ein weiterer trockener Tag – angenehme Wärme, begleitet von einer knisternden Brise. Ein Gewitter lag in der Luft. Ich musste etwas unternehmen, um die kleinen Tüpfel Emotionalität, welche kaum zu verbergen zwischen ihren Augenbrauen lagen, aufzuwirbeln. Ich erzählte ihr, warum ich es als persönlichen Angriff empfand, dass es so etwas wie Massentierhaltung gibt, da ich nicht wirklich etwas gegen das Fleischessen *„per se"* hatte; dass mein Hauptanliegen Tierschutz und meine persönliche Gesundheit waren – und nicht mal unbedingt in dieser Reihenfolge. Sie starrte mich mit offenem Mund an; ihr Kiefer wirkte ausgerenkt und hing schlaff herunter.

„Du meinst … du glaubst gar nicht an Tierrechte?" stammelte sie. Jedes Wort schoss geradewegs aus ihren Pupillen heraus. Ich schüttelte meinen Kopf leicht, gleichgültig, aber insgeheim genoss ich die zunehmende Panik in ihrer Körpersprache.

„Nein."

Tierschutz – ja. Tierrechte? – Das ich nicht lache. Ich bin keine Tierrechtlerin. Und ganz bestimmt liebe ich Tiere auch nicht. Genauer genommen, insgeheim misstraue ich sogar all unseren vierbeinigen/pelzigen/geflügelten/gefiederten/gepanzerten oder schuppigen Brüdern und Schwestern. Wäre ich eine von ihnen, würde ich schon längst einen ultimativen Rachezug in einem noch nie zuvor gesehenen Ausmaß planen. Ich sehe Hass in den Augen aller Pudel, welchen diese lächerlichen Frisuren aufgezwungen werden, und Zorn durch die Kiemen aller Fische zucken, die Nemo ähneln. Ich halte mich nur aus Gründen der Selbsterhaltung an eine vegane Ernährungsweise. Nennen wir es eine Art Versicherung. Wenn die Zeit der großen Tierrevolte kommt, habe ich vielleicht eine kleine Chance, der Verstümmelung zu entkommen, idem ich meine Getreidemühle in der einen, und eine Kollektion meiner Lieblingsnusskäserezepte in der anderen Hand schwenke. Meine Kinder werden alleine klarkommen müssen.

Die Australierin hätte wirklich nicht mit der „Was ist das Problem mit Käse?"-Diskussion ankommen sollen. Nicht an diesem Morgen. Ich hatte in der Nacht zuvor sehr wenig geschlafen, nachdem ich einen weiteren Marathonstreit mit Till gehabt hatte – das heißt, ich hatte mit ihm gestritten und er hatte mir kleinmütig zugestimmt. Und das machte mich umso wütender. Ich konnte mir immer noch nicht vorstellen, wie er vorhatte aus seinem lächerlichen, aussichtslosen, sogenannten Consulting Job mit den vielen unbezahlten Überstunden herauszukommen, wenn seine beste Taktik immer nur war, schwach zu lächeln und mir zu sagen, dass ich Recht habe, wenn wir darüber redeten. Ich hatte mich noch nicht beruhigt und war deshalb wirklich nicht in der Stimmung, irgendetwas, was Die Australierin von sich gab, ernst zu nehmen. Und außerdem mussten wir noch unser Abstract fertig stellen. Die Frist für den *Call for Papers* lief am nächsten Tag ab. Obwohl unsere Forschungsinteressen sich so ähnelten, hatten wir noch nie zusammen an einem Fachvortrag gearbeitet. Es fiel uns unerwartet schwer, uns auch nur auf den Titel zu einigen, und erst recht auf den Inhalt oder die Hauptthese für unser *Proposal.* Ich startete meinen Laptop neu, um ihr zu signalisieren, dass unsere Pause beendet war.

Aber jetzt hatte sie Tränen in den Augen und ich fühlte mich irgendwie verantwortlich. Ihre Verzweiflung hing in der Luft, bis sie so schwer wurde, dass sie nicht mehr schweben konnte und in meinen Saft hineinfiel. Zumindest muss sie das getan haben, denn als ich einige Zeit später einen Schluck nahm, bekam ich umgehend Bauchkrämpfe. Sie war nicht nur bestürzt, weil ich ihr im Grunde genommen erzählt hatte, dass ihre Glaubenssätze für mich lachhaft waren (was ich bisher noch nie so explizit gesagt hatte). Sie war auch schon nah am Wasser gebaut gewesen, seitdem Janik bei ihr ausgezogen war, um bei seinem Vater zu leben. Etwas, was sie nie für möglich gehalten hätte, aber was die Umstände ihr aufgezwungen hatten. Und ich hätte rücksichtsvoller sein sollen. Das hätte ich tatsächlich. Aber ich hatte wirklich keine Lust.

Ich setzte meine Sonnenbrille auf und konzentrierte mich auf das Straßengeschehen, welches sich vor uns entfaltete. Die Australierin versuchte unauffällig in ihrer Handtasche nach einem Taschentuch zu suchen, um ihre Tränen zu trocknen. Es gelang ihr nicht, weil sie keins dabei hatte, aber während sie danach wühlte, bemerkte jemand am Nebentisch, dass sie eins brauchte und reichte ihr eine Serviette. Ich tat so, als ob ich es nicht bemerkt hätte.

Ich schaute mir Die Australierin mit ihren geröteten Augen und dem „Wieso bist du so ungerecht zu mir"-Ausdruck auf ihren Lippen an. Ich hätte einfach aufstehen und weggehen können. Für immer. Ich schulde ihr nichts. Außer 500 Euro. Aber das ist nur Geld. Hier geht es ums Prinzip.

Jedenfalls siegten meine Prinzipien nicht über mich.

Oder ich siegte über meine Prinzipien.

Oder ich wurde prinzipientreuer.

Was auch immer.

Ich blieb am Tisch und gewährte ihr das Privileg meiner Gesellschaft. Von Frau zu Frau, das schuldete ich ihr. Und einige Minuten später legte ich sogar zögerlich – nein, sanft – meinen linken Arm um ihre Schultern. Leicht, um ihr zu signalisieren, wie glücklich sie sich schätzen konnte; fest, um ihr zu signalisieren, dass sie sich immer noch vor nichts zu fürchten brauchte. Und dann fing es an, in Strömen zu gießen.

*****

Wir waren Möbelstücke. Nicht buchstäblich natürlich. Mein Vater saß nicht auf uns. Aber er betrachtete sich selbst als jemanden, der im Grunde genommen nichts mit den kleinen Einzelheiten der Einrichtung seines Zuhauses – zuerst des ehelichen, dann des Familienwohnsitzes – zu tun hatte. Er war zum Beispiel einfach nur zufällig dabei, als meine Mutter das Sofa aussuchte. Ja, er hielt die Farbbeispiele in der Hand. Er achtete darauf, die zweitönige Melodie der Zustimmung überzeugend genug zu summen, damit sie ihn nicht noch ein drittes Mal ansah, und ja, wenn man es vielleicht aus einer bestimmten Perspektive betrachtet, hatte er auch einen finanziellen Beitrag zu dem Sofa geleistet. Doch mein Vater, ein Mann, der jeden Monat einen festen Betrag auf das Konto meiner Mutter überwies, obwohl sie zusammen lebten, hätte nicht sagen können, wie viel das Sofa eigentlich gekostet hatte, geschweige denn, was für einen günstigen Preis meine Mutter aus dem armen, unter Druck gesetzten Verkäufer heraus gehandelt hatte. Und eine Woche später hätte mein Vater sich nicht mehr erinnern können, wann genau der Einkaufstrip stattgefunden hatte (es sei denn, er hätte mit einem Liverpool vs. Manchester Spiel kollidiert, aber das ist eine andere Sache). Und wenn meine Mutter ihm sechs Monate später gesagt hätte, dass sie dringend ein neues Sofa bräuchten, hätte sie ihn nicht groß überzeugen müssen. Seine Anforderungen an das Eheleben waren gering. Er bügelte seine eigenen Hemden, trank gerne schwarzen Kaffee, während er „Match of the day" guckte, und wollte nach einem anstrengenden Arbeitstag nicht gestört werden. Und solange all unsere gekauften Gegenstände nicht zerbrechlich und per Schiff beförderbar waren, wusste er, dass sie alle sowieso einfach in den Container gepackt werden würden, den wir eines Tages mieten würden, um unser Hab und Gut zurück nach Hause zu bringen. Aber die Tatsache, dass all unsere Verwandten in Accra uns morgen um unseren Esstisch aus Roteiche für zehn Personen beneiden würden, bedeutete nicht, dass dies meinen Vater heute auch nur einen Scheißdreck interessiert hätte. Ganz im Gegenteil. Nichts in diesem Land war von Bedeutung. Und ich gehörte eindeutig auf die Liste von „Dingen, die ich mir in England zugelegt habe, die vielleicht eines Tages in Ghana nützlich werden könnten."

Wir waren Möbelstücke, Auntie und ich. Mein Vater fühlte sich kaum mit ihr verbunden. Obwohl sie Geschwister waren, waren mein Vater und Auntie nicht miteinander aufgewachsen. Er war 17 Jahre älter als sie (aber wenn du ihn gefragt hättest, hätte er dir nicht genau sagen können, wie alt sie war) und er war nach England gegangen, als Auntie noch ein Kleinkind war. Er sah auch seine Verbindung zu mir nicht – es schien so: meine Mutter hatte Kinder gewollt und er hat seinen Teil geleistet. Er hatte sogar in die Wege geleitet, dass seine Schwester mich zu sich nahm, als klar wurde, dass auf meine Eltern lange Arbeitszeiten zukämen, um genug Geld zu sparen, damit sie all das kaufen konnten, was sie für ihr

„richtiges“ Leben später brauchen würden. Was wollten wir mehr? Bei den seltenen Gelegenheiten, wenn Auntie und ich meine Eltern besuchten, konnte es leicht passieren, dass er mehrere Male am Tag an uns vorüberlief, ohne auch nur ein „Hi“ in unsere Richtung zu knurren – er sah uns nicht einmal an, geschweige denn, dass er so etwas wie Blickkontakt hergestellt hätte. Manchmal dachte ich, dass es auf eine tragische Weise traurig, aber nicht allzu verwunderlich wäre, wenn er mich eines Tages im Flur angehalten und gefragt hätte, wer zum Teufel ich sei.

Mein Vater war ein dünner Mann mit schütterem Haar und angespannten Lippen, die wenig Grund zum Lächeln hatten – gemein aussehend, aber ohne die kalte Schärfe der Vorsätzlichkeit. Er hatte einen Bierbauch, den die meisten Biertrinker mit Stolz getragen hätten, aber er trank nicht – zumindest nicht vor uns. Er hatte einen scharfen Humor, einen schnellen Verstand und noch schneller wechselnde Launen. Ich weiß, dass ich meinen Vater anfangs liebte. Sehr. Manchmal, meistens, wenn ich meine unregelmäßigen Verben für Französisch am Esstisch auswendig lernte, sah ich ihm beim Agatha-Christie-Lesemarathon zu. Er wirkte so ruhig und intellektuell, während er las. Den Großteil meiner Kindheit versuchte ich mit allen Kräften, ihn gerade genug zufriedenzustellen, damit er eines Tages von den letzten Seiten von „Der Tod auf dem Nil“ oder dem Höhepunkt von „Mord im Orientexpress“ aufschauen würde und sagen würde … naja … irgendwas. Egal was. Sogar etwas nur ansatzweise Positives hätte ausgereicht. Meine Noten waren so gut wie perfekt. Ich tat ohne Frage alles, was Auntie von mir verlangte. Ich runzelte nicht mal die Stirn, wenn ich mich – was selten vorkam – von ihr ein wenig ungerecht behandelt fühlte. Ich war ein Musterkind. Gemessen an elterlichen Bedürfnissen, war ich eine so gut wie sorgenfreie Teenagerin. Ich wuchs zu einer ausgeglichenen und vernünftigen jungen Frau heran. Aber er schien nie zufrieden zu sein und wenn er überhaupt von etwas bewegt war, dann nur um mir zu sagen – indirekt natürlich –, dass ich nicht genug war.

Mangelhaft. Note: 5. Streng dich im nächsten Leben mehr an.

Erst als Till die neugeborenen Babys das erste Mal küsste, wurde mir bewusst: mein Vater hatte mich nie geküsst. Und ich hatte immer gedacht, das sei normal. Ich weinte drei Tage lang ununterbrochen und überließ es der Hebamme, Till zu erklären, dass mein Hormonhaushalt auf dem Kopf stand, die Milch einschoss und ich schlicht und einfach mit meiner neuen Rolle überfordert war. Es war mir ganz Recht, dass Till keine Fragen stellte. Er war so zuvorkommend, es tat unendlich weh, und er brachte mich dazu, noch mehr zu weinen.

Bei der *Outdooring-Zeremonie,* acht Tage nach ihrer Geburt, wachten wir alle bei Tagesanbruch auf, um den ersten Enkelkindern meines Vaters ihre Namen zu geben: Asher Heinrich Nii-Armah Peters und Bethany Patience Naa-Amele Peters. Zwei stolze Namen. Auf dem Balkon meiner Kreuzberger Wohnung stehend, flüsterte mein Vater die traditionellen Gebete in *Ga* und gossen die Libation, den Ahnen für die sichere Entbindung der Zwillinge dankend. Was er nicht wusste, war, dass ich, während ich den Beginn von Ashs und Beths Kindheit feierte, den Tod meiner Eigenen betrauerte.

Aber es hätte mir trotzdem möglich sein sollen, mich einfach für meine Kinder zu freuen – und sie bedingungslos zu lieben … *hätte* es zumindest …

*****

Ich fühle mich nicht mehr wohl. Mein Badezimmer dreht sich. Ich muss tief durchatmen, um mein Gleichgewicht zu halten. Ich erinnere mich an nichts mehr, nachdem ich die Tür zugeknallt habe. Aber ich muss mich übergeben haben. Muss ich, denn jetzt wache ich auf und das Hämmern hat aufgehört. Ich hebe meinen Kopf von der Klobrille und kann meine Magensäfte in der Kloschüssel umher schwimmen sehen. Ich schließe meine Augen – sowohl, um zu vergessen, als auch, um mich zu erinnern:

Warum?

Fühle ich mich … ?

So?

Till ist weg.

Es reißt mich wieder von neuem entzwei.

Dann erinnere ich mich, obwohl ich es vergessen will: unser erstes Date, unser erster Kuss als verheiratetes Paar, das Feiern des Momentes, als Beth ihren ersten Schritt gemacht hat.

Ich vergesse, aber kämpfe darum, mich zu erinnern: am Strand liegen, meine Schwangerschaft sonnen mit Tills Hand auf meinem Bauch, gemeinsam das Ei aufwischen, dass Ash aus dem Kühlschrank genommen hatte und versucht hatte auszubrüten, in dem er darauf saß „genau wie ein Huhn", lachen, bis wir Seitenstechen bekamen, zusammen einschlafen, nachdem wir uns geliebt haben.

Und während des Aktes des Ervergessinnerns weine ich, schluchze ich. Ich bin untröstlich. Mit einer Hand drücke ich fest gegen meine Brust, in einem Versuch, den Schmerz einzudämmen. Mit der anderen Hand halte ich mein Telefon. Meine Finger zittern während ich die Worte zusammenfüge, es ist die allerletzte SMS, die ich Till jemals schicken werde:

„Für immer. Auf ewig."

Ich beginne aufzustehen und merke dann, dass mein Fuß in der Nacht geblutet hat. Es hat mein Kleid befleckt und die ordentlichen blassen Blau- und Grüntöne meiner Badezimmermatte durchbrochen. Wieso? Ich versuche ihn mir näher anzuschauen. Ich stehe auf, aber setzte mich ganz schnell wieder auf den Rand der Badewanne – das nächstbeste waagerechte-nicht-nach-Kotze-riechende-aber-stabile Objekt in Reichweite. Irgendwas fällt aus meiner Tasche heraus. Erst nachdem ich die drei Fünf-Euro-Scheine einige Minuten lang in den Händen halte, kann ich mich daran erinnern, wer sie mir gegeben hat und warum. Angewidert zerknülle ich die drei Scheine in einen kleinen Ball, wickele sie um das blutgetränkte Klopapier, welches ich als provisorischen Verband benutzt hatte, und halte nur kurz inne, um Kareem zu verfluchen, mitsamt seinen zukünftigen Nachfahren; dann werfe ich das ganze Paket in die vollgekotzte Toilette und mit dem letzten bisschen Kraft, welche ich an diesem Morgen noch habe, spüle ich alles davon.

Ich sitze schlapp auf dem Rand meiner leeren Badewanne. Geschlagen. Besudelt. Überschäumend. Und wie immer an einem Morgen wie diesem, ist mein Familienbadezimmer grau, kalt und ungemütlich. Meine Seiten schmerzen und ich bin immer noch viel zu schwach, um irgendetwas anderes zu tun, als mein eigenes müdes Spiegelbild zu betrachten. Ich akzeptiere, dass die normalen Strategien jetzt nicht funktionieren werden. Es ist endlich Zeit für Plan B.

Ins Bett.

Ich wache ruckartig auf, gierig nach Luft schnappend, schweißgebadet.

Einige Augenblicke später merke ich, dass bereits seit einiger Zeit an meiner Tür sturmgeklingelt wird. In meinem Traum war ich auf der Party von gestern Nacht und jedes Mal, wenn es klingelte, öffnete ich die Tür und der nächste Gast kam herein. Küsschen, Küsschen, halbherzliche pseudoaufrichtige Umarmung. Und der Nächste und so weiter und so fort. Sie lächelten alle und brachten Geschenke und schienen äußerst glücklich zu sein, mich zu sehen, in einer zweidimensionalen Art und Weise. Aber sie trugen alle gelbe Schuhe. Genau das gleiche Modell. Vielleicht sollte ich aufhören, so viel Dürrenmatt zu lesen.

Es dauert noch ein paar weitere wütende Klingeltöne, bevor ich mich von einer Position zur anderen bewege. Während ich mich auf den Rücken drehe, blinzele ich mit meinen Augen. Ich warte, bis wenigsten eins von ihnen klar sieht, bevor ich zu meinem Radio-Wecker-Ding schaue.

14:37 Uhr.

Zu guter Letzt erhebe ich mich …

Granatsplitter (31):

„... und deine Mutter meint, ich sollte gehen und keinen von euch jemals wieder sehen ...“

acht

… die Straße herunter rennend, den dreckigen braunen Flecken auf den Gehwegen der Zossener Straße ausweichend (Hinweise auf nachlässige Hundebesitzer, die im wahrsten Sinne des Wortes einen Scheißdreck geben, und bedauernswerte Touristen, die erst noch den Kreuzberger Blick perfektionieren müssen). Und, wie erwartet, bahnten wir uns einen Weg entgegen der Flut von Pendlern, die aus der U-Bahn Station herauskamen, die Treppe hinunter und trotz des Endspurts … haben wir sie verpasst. Schon wieder. Die 07:30 Uhr Richtung Rathaus Spandau. Ich könnte schwören, dass mir der Fahrer sogar zugezwinkert hat, als die gelbe Schlange vorbeirollte. Die Tränen in meinen Augen kamen übrigens nicht aus Frust, sondern es war ziemlich staubig und … ja … ich schiebe es auf die Luftverschmutzung.

„Mum, warum sind wir immer zu spät?“

Ash sprach, als es mir gerade gelungen war, meinen größten Ärger zu zügeln, aber ich hatte noch nicht die Chance, ihn in positive Energie umzuleiten. Und weil ich weiß, dass die Morgenroutine mit Till viel ruhiger ist und normalerweise darin endet, dass beide Kinder die Schule erreichen, lange bevor die Klingel den Beginn des Schultags einläutet, ist es mir schmerzlich klar, dass Ash eigentlich sagt: *Mum, warum bist du immer zu spät?*

An jedem anderen Morgen, hätte Ash mir diese Frage stellen können und ich hätte versucht, gelassen zu antworten. Ich halte mich nicht für eine geduldige Mutter, aber ich habe die Kunst, mich in der Öffentlichkeit anständig zu benehmen, gemeistert – mit Zwillingen lernt man das von ganz allein. Aber ich war schon aus einer Reihe von Gründen übel gelaunt. Zum Beispiel war Till in der letzten Nacht – wieder einmal – so spät von der Arbeit nach Hause gekommen, dass es ganz einfach klar war, dass er seinen Wecker heute Morgen verschlafen würde. Das und die Tatsache, dass er das Auto gestern Nacht bei der Arbeit zurückgelassen hatte – er sagte mir, es wollte nicht anspringen. Folglich fuhr ich Ash und sein NaWi-Projekt nicht, wie ursprünglich geplant, zur Schule. Stattdessen schleppte ich das verdammte Ding.

Eine wohl überlegte, politisch korrekte Antwort auf Ashs Frage überstieg meine Fähigkeiten, und alles, was ich tun konnte, war ihn böse anzugucken. Er wiederholte die Frage nicht – er ist ziemlich schlau, was das betrifft. Ich sah ihn mir genauer an und stellte fest, dass seine Jacke schon wieder zerrissen war. Es war keine billige Jacke. Es war auch keine besonders alte Jacke. Die zwei Jacken davor waren verlegt worden. Und ich hatte nicht vor, Nähen zu lernen, bis ich eine Großmutter werde.

„Mensch, Ash – was ist passiert?" Ich deutete auf seine Jacke; mein Tonfall verbarg nicht meine extreme Frustration.

„Was?", erwiderte Ash. Das ist die Art von Antwort, die mich beinahe vergessen lässt, dass wir in der Öffentlichkeit sind.

„Was meinst du mit ‚was'?"

„Ich meine was? Was meinst du?"

Auntie musste sich so einen Scheiß nie gefallen lassen.

Meine Hand schloss sich enger um den Fuss von seinem blöden Minutenzähler-NaWi-Projekt und darauf folgten drei Minuten sinnloses Wortgeplänkel. Wenn wir das beide genossen hätten – na gut. Aber als die nächste U-Bahn eintraf, war ich ernsthaft wütend. Ich zog beinahe in Erwägung, ihm seinen Minutenzähler über den Kopf zu ziehen und ihn seinem Schicksal in den Straßen Berlins zu überlassen. Letztendlich schmollte ich für die gesamte 20-minütige Strecke. Nicht gerade mein glänzendster Elternauftritt, aber ich denke, ich hatte nicht ganz Unrecht, und es war mir erfolgreich gelungen, das auch klarzustellen. Ashs Stolz wirkte angemessen angekratzt, als wir unsere Haltestelle erreichten, und ich war deutlich ruhiger. Ich versuchte, seinen Afro zärtlich zu zerzausen, als wir nebeneinander herliefen, aber er wich mit seinem Kopf aus. Schon wieder hatte ich vergessen, dass wir zu nah an der Schule waren, als dass man dabei gesehen werden sollte, wie man mütterliche Zuneigung genoss, doch Ash war nicht genervt. Er sah sich vorsichtig um, bevor er mir ein klitzekleines Lächeln schenkte. Das würde bis zum Abend reichen müssen.

„Hat Dad dir dabei geholfen?" Ich war nicht wirklich an der Antwort interessiert – ich fragte lediglich, weil ich das Bedürfnis empfand, die Stille zu durchbrechen, die die gesamten fünf Minuten bis zur Schule anzuhalten drohte.

„Nein, das hab ich ganz alleine gemacht", antwortete Ash. „Es ist nicht ganz perfekt, denn wenn ich …", er griff in seine Hosentasche und zog eine grüne Murmel heraus, „diese Größe benutze, dann dauert es zwischen 53 und 55 Sekunden, aber wenn ich eine Kleinere benutze, dann geht sie viel zu schnell durch – in etwa 40 Sekunden oder so."

„Wirklich?"

„Ja." Ash steckte die Murmel energisch zurück in seine Hosentasche und fuhr fort zu erklären, wie größere Murmeln einfach steckenblieben und wie er eine extra Schleife einbauen musste, um die gegenwärtige Zeit zu erreichen, aber eine weitere Schleife obendrauf würde es auf 72 Sekunden bringen, was einfach viel zu lang war.

Ich hörte genau zu und nickte an den richtigen Stellen, aber es war mir immer noch schleierhaft, dass er nicht mit Till an dem Projekt gearbeitet hatte.

„Und was hat Dad davon gehalten, als er es gesehen hat?", fragte ich Ash, als er endlich seinen Vortrag beendet hatte.

„Ich glaub nicht, dass er es schon gesehen hat."

Eine Antwort, die mich noch mehr verwirrte. Doch nun waren wir bereits an der Schule.

„Du meinst, du hast das echt ganz alleine gemacht?“ Ich sah von dem Projekt zu Ash und dann wieder zurück zu dem Projekt. Ich war wahrhaft beeindruckt. Als ich ihn wieder ansah, lächelte Ash zögerlich. Er war nicht sicher, in welche Richtung dies gehen würde. Er hatte wieder diesen Blick – den „rastet Mum gleich aus und schmeißt was durch die Gegend?“-Blick. Und in dem Bruchteil der Sekunde, den ich brauchte, um mich zu fragen, warum er so etwas denken würde, und dabei gleichzeitig zuversichtlich zu lächeln, entschuldigte sich Ash.

„Wofür?“

„Also Dad hat vergessen, mir zu helfen. Und du warst zu müde. Also habe ich es selber gemacht.“ Er trat nervös von einem Bein aufs andere. „Aber ich wollte nicht, dass ihr beiden darüber streitet. Deshalb habe ich es keinem von euch gesagt.“

In der Zwischenzeit hatten wir sein Klassenzimmer erreicht. Er hielt mir seine Hände entgegen und ich reichte ihm das Projekt herüber. Ich sah nach der Zeit – er war eindeutig zu spät. Ash und ich einigten uns ganz ohne Worte, dass dies ein Fortsetzung-folgt-Gespräch war. Ich klopfte sacht an die Klassenzimmertür und schob ihn leise hinein. Ich nickte seiner Lehrerin entschuldigend entgegen und warf Ash eine Kusshand zu. Nein, das stimmt nicht ganz – das mit der Kusshand stellte ich mir lediglich vor. Ich entschied mich dafür, es bei einem entschuldigenden Nicken zu belassen. Ash weiß, dass ich ihn liebe.

*****

Kareem geht. Kurz vorher schiebt er mir etwas Geld in die Hand. Er sagt mir, dass er lieber verhungern würde, als jemals wieder Geld von mir zu leihen. Jetzt schaue ich ihm dabei zu, wie er das Zimmer durchquert und im Partygewirr verschwindet. Ich versuche den Sinn unserer kurzen Unterhaltung zu begreifen.

Zuerst faselte er irgendwas über Tills Chefin. Wie sie seine Emailadresse gehackt hatte und viel zu viel darüber herausgefunden hatte, wo Till an den Tagen war, an denen er nicht bei der Arbeit war. Ich murmelte irgendwas darüber, dass ich weder an Till noch seiner Chefin interessiert war.

Dann wurde noch etwas über einen Briefumschlag gesagt. Jemand hatte ihr Fotos geschickt. Ich sagte nichts dazu. Kareem fragte mich, ob ich irgendetwas damit zu tun gehabt hätte. Ich schwieg weiterhin und ich hoffe, der Blick, den ich ihm zuwarf, drückte Fassungslosigkeit aus.

Und was sagte er dann? Ich schließe meine Augen, um nicht mehr zu wanken, während ich versuche mich zu erinnern.

Ja. Dann sagte er mir etwas über die Polizei und Möhlau und darüber, dass Tills andere Frau deportiert wird.

- Pah! Geschieht ihr recht.

Ich glaube, davor sagte er mir irgendwas darüber, dass Ama nach mir gesucht hatte. Sie war schon nach Hause gegangen? Weil Ash anscheinend weg von Janik wollte?

- Wie dem auch sei.

Er sagte irgendwas darüber, dass er nun zu Ama gehen würde.

- Ist mir doch egal.

Jetzt kann ich sehen, dass alle Augen auf mich gerichtet sind. Ich stecke das Geld in meine Tasche. Kareem ist weg. Diverses Getuschel und Kopfschütteln. Plastiklächeln. Nun wird mir klar:

Diese Arschlöcher haben es die ganze Zeit über gewusst.

Ich kann es ihnen an ihren Gesichtern ansehen. Und monatelange komische Kommentare und Bemerkungen fügen sich wie Puzzleteile zusammen. Sie wussten, dass mein Mann eine Affäre hatte. Und keiner von ihnen hatte sich die Mühe gemacht, es mir zu sagen.

Jetzt hebe ich etwas hoch – meine Handflächen sind verschwitzt.

Jetzt schaue ich diesem Etwas dabei zu – als es durch die Luft fliegt und gegen die Wand knallt, ich erkenne es als Weinglas – wie es in Millionen kleiner Scherben zerbricht.

Jetzt sind Blicke voller Entsetzen auf mich gerichtet. Gut so. Besser als Mitleid.

Jetzt packt mich jemand bei den Schultern, sagt mir, ich solle vernünftig sein.

Jetzt bricht eine Stimme aus meinem Bauch heraus und füllt den gesamten Raum. Ich bin so wütend, ich kann nicht mal mehr klar sehen.

„Vernünftig?"

Jetzt greife ich mir einen „unschuldigen" Zuschauer, lege beide meine Hände hinter seinen Kopf und ziehe sein Gesicht zu meinem. Jetzt gebe ich ihm einen langen unnachgiebigen heftigen Kuss. Er sieht perplex aus, als ich mich triumphierend an seine Freundin wende. Jetzt frage ich sie:

„Fühlst du dich gerade vernünftig?"

Jetzt sage ich ihm, dass er verschwinden soll. Ich sage ihnen allen:

„Haut ab, alle!"

Jetzt kommt Die Australierin aus dem Badezimmer. Sie sieht schockiert aus. Sie alle tun es.

Jetzt renne ich ins Badezimmer und knalle die Tür hinter mir zu. Da sind Stimmen voller Verwirrung, irgendjemand klopft an die Tür und murmelt sanft etwas, was mich weder interessiert – noch bin ich fähig –, es zu hören.

„Raus!“

Ich lasse einen heftigen Tritt gegen die Badezimmertür auf meinen Befehl folgen – ich gebe diesem Tritt alles, was ich habe. Der Schmerz ist unerträglich, aber – oh ja! –, das ist es mir wert. Ich schnappe mir etwas Toilettenpapier und wickele es um meinen blutenden Fuß.

Jetzt verliere ich mein Gleichgewicht und falle zu Boden.

Jetzt fange ich an, mich zu übergeben ...

*****

Ich nannte es das „Holzbrett“gefühl. Ich fand ihn einfach nicht mehr attraktiv. Ich konnte mir minutenlang heimlich seinen nachdenklichen Gesichtsausdruck anschauen, während ich eigentlich ein Exposé schreiben oder irgendeine Mischung anrühren sollte. In den ersten Tagen, nachdem wir uns kennenlernten, zauberte allein der *Gedanke* daran, ihn anzuschauen, ein zaghaftes Lächeln auf meine Lippen und jagte elektrische Spannungen meine Wirbelsäule hoch und runter. Jetzt, wenn überhaupt, gähnte ich vielleicht. Till? Ich gebe mir nichtmal die Mühe ihn zu ignorieren. Nichts an ihm bewegte mich noch. Das Tragische daran jedoch ist: Till ist einer der schönsten Männer, die ich je kennengelernt habe – in jeglicher Hinsicht. Möglicherweise zu schön ...

Wir hatten uns zufällig alleine zuhause wiedergefunden. Die Kinder hatten separate, aber günstig miteinander koordinierte Termine, was bedeutete, dass keiner von ihnen in den nächsten Stunden nach Hause kommen würde. Wie üblich, wenn sich eine so gute Gelegenheit darbot, öffnete ich die

Tür, während sie noch am Ende unserer Straße um die Ecke schlenderte. Ich würde kein Klopfen versäumen. Ich packte sie mit beiden Händen beim Schopf und zerrte sie in meine Wohnung – wenn Gewalt vonnöten ist, so sei es.

Ich steuerte direkt auf mein Schlafzimmer zu. „Unser Schlafzimmer", damals. Und ich schickte ein leises Stoßgebet zum Gott aller unter Schlafentzug leidenden Mütter, in der Hoffnung, dass Till nicht versuchen würde hereinzukommen. Ich stellte ihn mir in der Küche vor (Till, nicht Gott), wie er etwas zu essen für uns vorbereitete, und ich wusste, dass ich, wenn ich auch dort gewesen wäre, etwas an der Art und Weise, wie er die Pilze schnitt ohne ein vernünftiges Schneidebrett zu benutzen, oder daran, wie er den Orangensaft direkt aus der Packung trank, auszusetzen hätte. Er verzehrte sich danach, in meiner Nähe zu sein, und litt dann, wenn ich es war. Er hatte aufgegeben, auf jegliche Äußerung emotionaler Zuwendung von mir zu hoffen. Und ich fühlte mich nicht einmal mehr schuldig dafür, es nicht mehr zu versuchen. Ich hatte es versucht. Und ich war gescheitert. Und jetzt reichte es.

Unser Schlafzimmer damals: ein Niemandsland. Zugänglich für beide, wann immer wir einen Waffenstillstand hatten; zugänglich nur für einen, wenn Kampf angesagt war. Ich fühlte mich dort geborgen. Ich zog es unverhohlen den Familienräumen unserer Wohnung vor. Ich lag im Bett und versuchte zu lesen. Frischs Worte blieben zusammenhanglose Einheiten. Ich las etwa zehn davon, eins nach dem anderen, mehrere Male hintereinander. Sie weigerten sich, irgendeine Art von Satz zu bilden, geschweige denn einen sinnvollen. Schließlich ließ ich *Andorra* aufgeschlagen und umgedreht auf meinem Bett liegen und kehrte ihm den Rücken zu. Keine seltene Handlung meinerseits und nicht nur etwas, was ich mit Worten auf Papier machte. Ich schloss meine Augen und versuchte zu schlafen.

Es klopfte an der Schlafzimmertür. Ich gab einen Laut von mir, der soviel bedeutet wie „wenn es sein muss". Till öffnete die Tür einen Spalt und gab mir zu verstehen, dass das Telefon, welches er in seiner Hand hielt, meine Aufmerksamkeit benötigte.

„Es ist Ama – wegen Samstag."

Ich schaute für mehrere Sekunden die Zimmerdecke an und hatte einen inneren Wutanfall, bevor ich mich aufsetzte. Wenn Ama wegen Samstag anrief, dann stimmte etwas nicht. Till lief entschuldigend zum Bett und ich seufzte ungeduldig, weil er so verdammt langsam war. Ich murmelte etwas, was annähernd einem „Danke" glich, als er mir das Telefon reichte, und vermied es, Blickkontakt mit ihm aufzunehmen. Ich denke, dieser Moment könnte es gewesen sein – der Tropfen, der das Fass zum Überlaufen brachte. Alles war anders danach. Danach, glaube ich, gab Till auf. Und danach ging es lediglich darum, das in die Tat umzusetzen, was er in Gedanken bereits in Worte gefasst hatte. Ich sah all diese „danachs" im selben Augenblick, in dem ich meine Augen von ihm abwendete. Mir wurde jedoch erst viel *viel* später klar, dass das, was ich gesehen hatte, einen Namen hatte. Man nannte es: Untreue.

*****

Eine Sache, die mir an Der Australierin aufgefallen ist – etwas, was mich bis über alle Maße aufregt –, ist ihre Unfähigkeit, in der Gegenwart zu bleiben. Sie macht es einfach nicht. Wo auch immer du und ich uns befinden, Die Australierin war bereits dort oder muss manchmal, was noch anstrengender ist, erst noch dort ankommen.

Als ich sie zum Beispiel das letzte Mal sah, während eines Konzerts, lächelte sie glücklich, klopfte mit dem Fuß im Takt auf den Boden und schnippte mit den Fingern. Heutzutage sehe ich sie nicht so oft glücklich – es scheint so, als könne Aloe Blacc nicht nur abgefahrene Tanzschritte aufs Parkett legen, sondern auch Wunder bewirken. Wir hatten alle viel Spass und ich gab ihr Recht, dass die Musik fantastisch war, aber das reichte nicht. Die Australierin fuhr fort mir zu erzählen, wie sie sich vorstellen konnte „I need a dollar, dollar, dollar is what I need – hey! hey!“ auf voller Lautstärke in ihrem Cabrio zu hören und mit nur einer Hand am Steuerrad und runtergerollten Fenstern umherzufahren. Und sie meinte nicht etwa einen tatsächlichen Ausflug, den sie machen würde, sagen wir morgen oder nächste Woche. Sondern zu irgendeiner unbestimmten Zeit in der Zukunft, wenn sie es sich zum Beispiel wirklich leisten könnte, ein Auto zu kaufen. Oder auch nur eins zu mieten. Ich habe Gabi insgeheim den Spitznamen „Die Australierin“ gegeben, weil ich früher glaubte, dass sie sich in einer völlig anderen Zeitzone befindet, aber jetzt wird mir klar, wie falsch ich damit lag. Ich sollte sie „Die Vulkanierin“ nennen, weil sie in Wirklichkeit irgendwo in einer Parallelwelt lebt.

Als wir uns anfangs an der Universität kennenlernten, verstanden wir uns gleich prächtig. Während eines dieser „Kennenlernseminare“ stellte sich heraus, dass keine von uns irgendeinen der Titel der anderen Dissertationsvorschläge verstand, und wir hatten keine Scheu, es zu zeigen. Ich denke, Werner gefiel unser Sinn für Humor, und wahrscheinlich willigte er ein, unser Doktorvater zu werden, weil wir ihn zum Lachen brachten. Auch ich mochte Werner. Er hatte ein farblich schlecht abgestimmtes Toupet, leicht gelbliche Zähne und die bedauernswerte Angewohnheit, Birkenstocks zu tragen. Und dennoch, seine Liebe für deutsches Theater (ich nannte es weißes heterosexuelles männliches deutsches Theater, wenn er außer Hörweite war) war inspirierend und ansteckend. Die Australierin und ich waren außerdem die einzigen beiden Frauen im Germanistikinstitut, die Kinder hatten …

granatsplitter (73):

„sag das noch **einmal** und
ich schwöre ich werde …"

sieben

… stolziert hoch erhobenen Hauptes durch die Welt und gibt einen feuchten Dreck, was irgendjemand denkt. Obwohl sie keine eineiigen Zwillinge sind, ziehen Ash und Beth beide einen androgynen Look vor – lange Haare, meistens Cornrows, aber auch manchmal einen Afro im Angela Davis-Stil und sportliche Klamotten –, demnach verwechseln die Leute sie häufig. Das bedeutet, dass Ash manchmal von irgendeinem wütenden Mitarbeiter in der Elektronikabteilung von Saturn angeschrien wird, weil „sie" es wagt den Laden zu betreten, obwohl „sie" Hausverbot hat; oder Beth wird auf der Straße angehalten, ihr werden zwei Euro von einer freundlichen Rentnerin in die Hand gedrückt und ihr wird noch einmal dafür gedankt, netterweise am Tag davor die Einkäufe in die Wohnung im vierten Stock getragen zu haben. Manchmal wirkt sich das sogar auf ihre Schulnoten aus – Ama sagt mir, dass sie ein wenig besser für Beth ausfallen, als sie es sollten, weil einige der fauleren Lehrer durcheinander kommen und es nicht zugeben wollen. Und Beth nutzt das natürlich zu ihrem Vorteil: Sie ist nicht blöd. Ich denke Ash hat darunter gelitten, aber hält es im Großen und Ganzen für wichtiger, Beths Leichtsinn zu decken, als seinen eigenen Namen reinzuwaschen. Ich versuche, dagegen anzukämpfen, aber am Ende kann ich nicht zwischen sie treten – und das ist wahrscheinlich gut so.

Trotzdem, es kommt eine Zeit, in der Mütter von Frau zu Frau mit ihren Töchtern reden sollten, und ich hätte es auf jeden Fall vorgezogen, das Gespräch über „Bienchen und Blümchen" mit Beth alleine zu führen. Obwohl sie gerade mal zwölf war, hatte ich einige beunruhigende Gerüchte über sie gehört. Ursprünglich hatten Till und ich uns geeinigt, dass er es während eines seiner wöchentlichen „Dates" mit ihr ansprechen würde – aber ich beschloss, die Dinge wieder in meine eigenen Hände zu nehmen, als mir klar wurde, dass dies meine einzige Chance sein könnte, Beth so nah zu kommen wie Till es war. Ich war selbst überrascht, dass ich das überhaupt noch versuchen wollte. Ich wusste jedoch, dass es schwierig sein würde, sie allein zu erwischen. Damals verließ sie schlagartig das Wohnzimmer, immer wenn ich es betrat. Und wenn sie mich in der Küche sitzen sah, blieb sie vor der Tür stehen und machte kehrt. Sie betrat mein Schlafzimmer grundsätzlich nie und ihr Schlafzimmer war für mich Tabu. Bevor ich es also gar nicht machen würde, beschloss ich lieber, Ash und Beth gemeinsam einen ernsthaften Vortrag über die Gefahren von ungeschütztem Sex zu halten. Ich ergriff die Gelegenheit eines Nachmittags, als sie gerade einen Film zu Ende geschaut hatten. Ich setzte sie beide an den Küchentisch, gab jedem von ihnen eine Banane und ein Kondom und wir sprachen für mindestens eine Stunde miteinander. Das heißt, Ash und ich sprachen. Beth und ich stritten uns über irgendetwas – ich weiß nicht mal mehr, um was es ging. Ash hatte sich einfach geweigert zu antworten, als ich ihn fragte, ob er mich verstanden hatte und wenn ja, ob er es bitteschön seiner Schwester erklären könne. Beth, die bis heute felsenfest davon überzeugt ist, dass ich in Wirklichkeit die Worte „blöde Schwester" benutzt hatte, donnerte die Kondom-umhüllte Banane auf den Küchentisch und knallte beim Herausstürmen die Tür zu. Weil die Banane an dem Ende, welches mit dem Kondom überzogen war, aufgeplatzt war, kicherte Ash. Meine Gedanken hatten noch nicht aufgehört, aufgrund von Beths dramatischem Anfall, hin und her zu taumeln, aber am Ende musste ich auch ein wenig lachen. Ich gebe zu, wenn ich Beth gewesen wäre und an der anderen Seite der Küchentür gestanden hätte und meine Mutter und meinen Bruder hätte lachen hören, dann hätte ich auch voller Empörung die Wohnung verlassen.

Ich kann mich nicht an Auntie wenden, wenn ich Rat suche. Sie versteht meinen Erziehungsstil nicht. Absolut. Nicht.

Und was Beth betrifft, so ist Auntie davon überzeugt, dass ich mir das alles selbst eingebrockt habe. Sie hat mir immer noch nicht dafür vergeben, dass ich Beths Ohrlöcher nicht bei der Geburt habe stechen lassen. Sie versteht immer noch nicht, warum Beth ihre Haare nicht glättet oder wenigstens ein paar schöne Haarverlängerungen wie Ama bekommt. Und sie war wahrhaftig geschockt, als sie erstmals bemerkte, dass ich Beth nicht dazu erzogen hatte, ihre eigene Unterwäsche jeden Abend per Hand zu waschen.

„Nur weil sie einen *Whitey* Vater hat, heißt das noch lange nicht, dass sie keine Ghanaerin ist!“

(Um ehrlich zu sein lachte ich, als ich den Hörer auflegte, aber als ich Till später erzählte, was Auntie gesagt hatte, war er gar nicht amüsiert.)

Und wann immer Ash mir innerhalb Aunties Hörweite widerspricht, zieht sie die Augenbrauen hoch (ich kann sogar hören, wie sie sich langsam hoch bewegen, wenn es passiert, wenn wir gerade am Telefon sind) und mein Herz sinkt herab. Ich weiß, dass eine lange Rede über die Vorteile davon, meine Kinder zurück nach Ghana zu schicken, bevor Deutschland sie völlig ruiniert, kurz bevorsteht.

„Sie müssen Respekt gegenüber Älteren lernen!“

Das war sogar schon ihr Mantra, als ich ein Kind war. Sie scheint jedoch nicht zu verstehen, dass es damals deswegen funktioniert hat, weil es nur die eine von mir gegen drei Erwachsene gab. Jetzt bin ich schon wieder in der Unterzahl, aber nicht so, dass es mir erleichtert würde, gut angepasste, gottesfürchtige und das Alter respektierende ghanaische Kinder großzuziehen. Auntie wollte mich mit ihren regelmäßigen Telefon-Beratungs-Sitzungen unterstützen, aber in Wahrheit beruhigten sie mehr sich als mich.

Da Beth und ich in fast gar nichts übereinstimmten, beobachtete ich ihre diversen Entwicklungsstadien meist aus einem (gewissen) emotionalen Abstand. Sie schien es zu bevorzugen, sich selbst großzuziehen und selbstverständlich gewillt zu sein, auf das Privileg meiner Weisheit zu verzichten. Für sie sah es so aus, als hätte ich meine Niederlage akzeptiert und würde meine mütterliche Tatkraft stattdessen auf das eine meiner Kinder fokussieren, welches diese noch wertschätzen konnte.

Meistens konnte ich meine Traurigkeit vor Ash verstecken. Einmal jedoch, nach einer weiteren langen und hitzigen Auseinandersetzung mit Beth, die im Badezimmer stattgefunden hatte und dort endete, nachdem eine komplette Tube Zahnpasta in der ganzen Badewanne umher gespritzt wurde, murmelte ich leise etwas in *Ga* vor mich hin, womit meine Mutter mich immer angeschrien hatte (es ist so ungefähr der einzige flüssige Satz, den ich in *Ga* sagen kann). Beth war schon gegangen, aber mir war nicht klar, dass ich nicht allein war.

„Was bedeutet das?“, hatte Ash gefragt. Ich drehte mich um und sah ihn, wie er mich anguckte. Das eine Mal, dass er *sofort* gekommen war, nachdem ich ihn kurz zuvor gebeten hatte, die saubere Wäsche aus der Maschine zu holen.

Ich sagte ihm, es sei ein altes traditionelles afrikanisches Sprichwort. Er kaufte es mir nicht ab.

*****

Vor einer Stunde verließen Till und ich die Party, stiegen in ein Taxi und wurden direkt zu ihm nach Hause gefahren. Zu ihm nach Hause. Diese Vorstellung fühlt sich immer noch befremdlich an. Ich erinnere mich kaum noch an den Trip, außer dass es unglaublich schnell, heiß und feucht war. Ich sagte niemandem, dass ich gehe würde, und wir waren ziemlich schnell – es ist möglich (wenngleich auch nicht sehr wahrscheinlich), dass nicht mal jemand die Abwesenheit des Geburtstagskindes bemerkt hat.

Ich habe aufflammende Erinnerungen …

Mein Daumen, der seinen Hinterkopf und Nacken herunter gleitet.

Tills Zähne, die sanft an meinem Ohrläppchen zupfen.

Meine Haare, die über meinem Gesicht liegen, feucht wie ein Brautschleier.

Wir beide zusammen atmend, tief, rhythmisch.

Tills Augen auf Meine gerichtet.

Dann Dunkelheit.

Er flüsterte etwas, während meine Augen geschlossen waren. Ich antwortete mit einem gehauchten Versprechen, dass es mir gut ging, dass es wunderschön gewesen war, und ich besiegelte es mit einem sanften, aber trotzdem beharrlich ermutigenden Kuss.

Wir weinten zusammen.

Wir wussten beide, dass dies das letzte Mal gewesen war. Till hatte zuerst angefangen zu weinen. Seine Tränen fühlten sich warm auf meiner linken Brust an und es gefiel mir. Als ich jedoch seine babyweichen Haare streichelte, fiel mir nicht eine einzige Sache ein, die ich hätte sagen können. Keine Worte, so schien es, könnten einem Moment wie diesem gerecht werden. Und so schlang ich meine Beine liebevoll um seine, streifte seine Stirn ein letztes Mal mit meinen Lippen und ließ alles andere gehen.

Wir zogen uns alleine an.

Während ich in seinem Zimmer stand und zusah, zog er einen Socken an und dann den Nächsten. Ich liebe seine Hände. Er sah so müde aus. Ich kann nicht lügen – es tat mir weh, als er zurückwich. Ich hatte nur meinen Lippenstift von seinem Hals wischen wollen. Nachdem wir so viel geteilt hatten, war die Last einer weiteren Berührung – so schien es – mehr als er ertragen konnte. Aber ich fühlte mich hässlich und ausgespuckt. Mich rückwärts bewegend, entfernte ich mich behutsam aus seiner Komfortzone. Es war klar, dass ich nicht länger dort hingehörte. Spuren von mir, so wie der Lippenstift, würden bald verblassen.

Er lächelte mich an.

Nur einmal. Es war als wir aus dem Taxi stiegen. Er lächelte zu dem Rhythmus meines zerbrechenden Herzens. Dann, als er wegging, folgte ich ihm zurück auf meine Party. Till mischte sich unter die Gäste und war weg. Und noch bevor der nächste Gast mir gratuliert hatte zu „schon wieder 21!“, hatte der erstickende Schmerz nachgelassen. In Angesicht so vieler Caipirinhas hätte es nur so oder so enden können. Glücklicherweise ist mein Wille zu feiern stärker: *Last night a DJ saved my life.*

Ich tanze allein.

Die Ankunft von Kareem ist perfekt getimt. Ich spüre seine Hand auf meinem Arm und weiß, dass ich sowieso nicht einen Moment länger tanzen kann. Jetzt drehe ich mich um, um ihn anzusehen, aber bin nicht fähig zu sprechen.

„Du siehst scheiße aus.“

Ich denke, das ist wohl wahr. Genau genommen sieht Kareem mich an, während er spricht, als hätte ich zwei Köpfe. Ich öffne nun meine Augen so weit ich kann, aber versuche keine Antwort. Kareem stammelt diverse andere lose miteinander verbundene Wörter, welche alle sicherlich Englisch sind, aber genauso gut Französisch oder sogar *Ewe* hätten sein können – ich kann kein einziges von ihnen hören, mit Ausnahme der letzten fünf:

„Meine Schwester, wir müssen reden.“

Ach verdammt! Seit wann geht man zu einer Party, um zu reden? *Was ist los mit manchen Leuten?*

*****

In dem Jahr, als ich geboren wurde, wurde Auntie 23 und ihr Ehemann starb. Es ging scheinbar schnell. Herzinfarkt. Auntie war schockiert und fühlte sich bedroht. Albert, ihr verstorbener Ehemann, hatte zweihundert Pfund im Monat von ihr erhalten, allein für das Privileg, mit ihm verheiratet sein zu dürfen. Niemand hatte vorher von diesem Deal gewusst – nicht mal Auntie. Aber sie war einfallsreich und scharfsinnig. Sie hatte sich dem Schneidern zugewandt und hatte bald eine Kundschaft westafrikanischer Frauen aufgebaut, die gewillt war, sehr gut zu zahlen für wunderschöne Kleider für die zahlreichen gesellschaftlichen Veranstaltungen, die ständig stattfanden. Auntie hatte niemals zu wenig Arbeit. Als er sah, wie gut ihr Geschäft lief, erhöhte Albert seine Gebühr auf dreihundert Pfund. Ich traute meinen Ohren nicht, als Auntie mir diese Details erzählte, aber sie zuckte mit den Schultern.

„So ist das für Frauen. Überall auf der Welt."

So war es also nicht sein plötzlicher Tod, der sie schockierte oder sie bedrohte. Sie hatte genügend Unterstützung von Nachbarn und Kundinnen, um Bankgeschäfte und Steuern und Sozialversicherungsbeiträge zu bewältigen. Nein, es war meine Geburt. Jetzt, wo sie wieder eine alleinstehende Frau war, war es die Pflicht meines Vaters, die Rolle des Mannes in ihrem Leben zu spielen. Und obwohl sie kaum Kontakt miteinander gehabt hatten, seitdem sie etwa zwei Jahre früher in London angekommen war, sah er nun auf einmal das praktische Potential daran, Kontakt mit seiner jüngsten Schwester aufzunehmen. Meine Eltern hatten nicht wirklich vorgehabt, so früh mit dem Kinder kriegen anzufangen, und Aunties plötzliches Witwentum traf wunderbar mit meiner ungeplanten Geburt zusammen.

Aunties Vorname ist Patience und sie brauchte bestimmt jede Menge davon. Nachdem meine Mutter und mein Vater ihre Familienbesprechung mit ihr beendet hatten, hatte man sich geeinigt, dass ich zu ihr ziehen würde, wenn ich sechs Monate alt war. Bis dahin würde Auntie jeden Tag für mich sorgen und meine Eltern würden ihr einen kleinen Geldbetrag dafür geben. Aber das Geld, das sie von meinen Eltern bekam, deckte ihre Ausgaben nicht, und sie konnte nur noch sporadisch als Schneiderin arbeiten. Sie musste Untermieter aufnehmen. Für die ersten drei Jahre meines Lebens teilten Auntie und ich uns ein Bett in dem kleinsten Zimmer des Hauses, welches tagsüber als Wohnzimmer diente.

Auntie liebte es, mir Geschichten zu erzählen, meistens darüber, wie sie als junges Mädchen war und von den Stränden in Ghana und von ihren Plänen, ein großes Auto zu kaufen. Als sie heranwuchs, aß sie nicht täglich Fleisch. Mit großer Wahrscheinlichkeit wurden die besten Fleischstücke, wenn es sie gab (meist zu besonderen Anlässen), den ältesten (männlichen) Familienmitgliedern gegeben. Einmal erzählte sie mir die Geschichte davon, wie sie beschlossen hatte, Spanisch zu lernen. In der Schule hatte sie ihre Augen geschlossen, den Atlas aufgeklappt und ihren Finger auf eine Seite getippt. Als sie ihre Augen wieder öffnete, befand sich ihr Zeigefinger genau im Zentrum von Venezuela. Selbst als sie einige Jahre später heiratete, hielt sie immer noch an der Hoffnung fest, dass sie in London einen guten Spanischkurs würde finden können.

Ich war fasziniert von Aunties Experiment und probierte deshalb dasselbe aus. Am Morgen meines achten Geburtstags nahm ich den Atlas aus dem Bücherregal und legte ihn auf den Tisch. Es war ein ruhiger, vielversprechender Morgen – die Magie war in diesem Moment an meinen Fingerspitzen. Ich schloss meine Augen und blätterte die Seiten des Atlas auf. Ich hob langsam meine Hand und ließ sie voller Erwartung über den Seiten schweben, bevor ich mit dem Zeigefinger an das Buch unter mir heranzoomte. Als ich meine Augen öffnete, war mein Zeigefinger genau unter einem Wort platziert, dass ich kaum aussprechen konnte. Viele Jahre lang hörte sich „Magdeburg“ in meinem Kopf so an wie „mardsch-de-bag“.

Auntie sagte mir später, dass das Land, das ich ausgewählt hatte, Ostdeutschland hieß.

In dieser Nacht lag ich auf meinem Bett und machte eine Liste von allen deutschen Dingen, von denen ich gehört hatte. Die Liste war kurz – und fehlerhaft. Nach mehreren Stunden war alles, was ich hatte Kindergarten, Volkswagen und Heidi. Später lernte ich, dass Heidi schweizerisch war. Nichtsdestotrotz war ich begeistert von dem Gedanken, nach Ostdeutschland zu ziehen, selbst nachdem ich von der Mauer, Nazis, Kommunismus, Leberwurst und Vokuhilas erfuhr. In der Schule wählte ich „Deutsch" als meine zweite Fremdsprache. Ich lernte fleißig und ließ mich nicht von den drei Geschlechtern des bestimmten Artikels abschrecken, der Tatsache, dass das zweite Verb an das Ende des Satzes gestellt wird und der zungenverdrehenden Existenz der Umlaute. Meine deutschen Lesematerialien waren voll von weißen Kindern, die Klaus oder Liesl hießen. Ich glaubte ehrlich, dass ich die erste Schwarze Person sein würde, die jemals deutschen Boden betreten hatte – und ich liebte diese Vorstellung. "One small step for man" und so weiter … ich war auf dem Weg nach Magdeburg! Zumindest, bis die Mauer fiel. Ich verfolgte die ganze Sache auf BBC in dem Jahr, in dem ich achtzehn wurde, und sah, wie alle sich auf den Weg in den Westen machten. Berlin war scheinbar *die* Stadt schlechthin. Und es ist auch gut, dass ich es mir anders überlegte, denn dort lernte ich meinen Mann kennen.

*****

In meinem Leben gibt es drei Gewissheiten. Die erste ist, dass ich, unabhängig davon, wie spät ich von zuhause losgehe, unabhängig davon, wie schnell ich laufe, unabhängig davon, wie sehr ich die Daumen drücke oder freundlich all die Leute anlächle, denen ich auf dem Weg zum U-Bahnhof Gneisenaustraße begegne, ich werde immer auf dem Bahnsteig ankommen wenn der Zug gerade losfährt. Mein Glaube an dieses Ereignis ist so unerschütterlich, ich könnte eine Religion darauf gründen.

Dieser Morgen war wie die meisten anderen. Ich hatte meinen Wecker zu einer irrsinnig frühen Stunde gestellt, um noch ein paar Minuten länger liegenbleiben zu können. Und ganz unweigerlich schlief ich ein. Ich wachte auf, als es schon hinter der Fröhlich-Verantwortungsbewussten-Mutter-Zeit war und mitten in der „hab ich dir nicht gerade gesagt, dass du …?“, „um Gottes willen, wie oft wirst du noch …?“ und „jetzt guck mal was du gerade angerichtet hast!“ Zeit. Jeden Morgen schwöre ich mir, dass es morgen anders wird. Jedes „morgen“ bringt aber mehr von „gestern“, als ich für fair halte, in Anbetracht der Tatsache, dass ich es immerhin gut *meine*.

Beth war schon losgegangen. Den Gedanken, mit Ash und mir zur Schule zu gehen, fand sie nicht sehr attraktiv – um es milde auszudrücken. Ash hüpfte durch die Wohnung, mit einem schmächtigen Bein in seiner Jeans und dem anderen Fuß kurz davor, in die Öffnung an der falschen Seite zu steigen. Gleichzeitig aß er eine Scheibe Toast, die gekonnt zwischen seinen Zähnen klemmte, summte zu einer schwachsinnigen Bushido-Melodie im Radio und vermied es, in meine Richtung zu gucken. Sicherlich eine weise Entscheidung, denn ich war sowieso kein ermutigender Anblick, da ich schon lange meinen Kopf in meine Hände gestützt hatte, in der Hoffnung, dass dieses ganze Spektakel bald vorüber sein würde.

Stichwort Mutter und Sohn …

granatsplitter (127):

„ ... **und dann** werden die

Kinder bei **mir** leben ...“

sechs

… mürrisch, kurz angebunden und ungeduldig. Und der Gesichtsausdruck Der Australierin sagte: *Womit habe ich das verdient?* Sie hat Recht.

„Entschuldige", räumte ich ein, „mir geht gerade eine Menge durch den Kopf."

Diese Worte reichten ihr aus, um sich alles andere auszumalen. Sie nickte mit Pathos. Sie wusste, dass Till und ich Probleme hatten. Große. Wie genau ich mich deshalb fühlte, war nicht ihr Hauptanliegen. Die Australierin berührte meinen Arm. Ich sah sie an. Es fühlte sich an, als hätte sie eine Grenze überschritten, aber ich unterdrückte erfolgreich das Bedürfnis, zurückzuweichen.

„Wenn es irgendwas gibt, was ich tun kann … egal was …", sagte sie.

Ich seufzte tief. Sie wollte, dass ich hilfebedürftig war, damit sie mir zeigen konnte, was für eine tolle Freundin sie war. Ich stand an einem Scheideweg – sollte ich nachgeben, was die netteste Variante gewesen wäre? Oder sollte ich einfach mit dem Schreiben fortfahren? Der erste Entwurf von Kapitel Sieben sollte bis nächste Woche fertig sein – ich war nicht annähernd so weit. Wäre es möglich, beides zu kombinieren?

„Weißt du", begann ich zögerlich, „ich verlange immer so viel von dir …"

„Alles! Egal was – sei nicht schüchtern!"

„Okay", seufzte ich wieder. „Morgen …"

Die Australierin winkte schon die Kellnerin zu uns, damit sie für unseren Kaffee bezahlen konnte.

„Repräsentationen von Männlichkeit in *Mutter Courage* … Ich habe nicht den blassesten Schimmer … und Till arbeitet diese ganze Woche spät … und das Kapitel muss fertig sein bis …"

„Los geht's!" Sie unterbrach mich triumphierend. „Du fängst jetzt mit dem Lesen an. Ich geh mit den Kindern ins Kino!"

Ich kann mir einfach nicht erklären, warum unsere Freundschaft für Die Australierin funktioniert. Jedes Mal wenn ich denke, dass sie sicherlich zu viel bekommen und mich für immer aus ihrem Leben verbannen wird, macht sie einfach weiter – anscheinend kann sie doch nicht genug bekommen.

*****

Ich erinnere mich, dass ich, als wir Kareem kennenlernten, dachte: „Mist, wie soll das bloß funktionieren?" Till ist nicht gerade der gesprächigste Mensch, selbst, wenn er dich gut kennt, und Small Talk liegt ihm einfach gar nicht. Ich war wirklich überrascht, wie gut die beiden sich an dem Abend verstanden. Zu diesem Zeitpunkt hatte Kareem, ein togolesischer Moslem, der offiziell in irgendeinem Allah-verlassenem Flüchtlingsheim in Brandenburg gemeldet war, aber meistens bei seinen Freunden in Neukölln übernachtete, den Dreimonatsmeilenstein mit Ama geschafft. Was – soviel kannst du mir glauben – für sie eine wahre Leistung war. Innerhalb von dreißig Minuten hatte ich beschlossen, dass ich ihn sehr mochte, obwohl ich im tiefsten Innersten immer noch dachte, dass er zu jung für sie war. Nichtsdestotrotz hatte Ama sich in den wenigen Wochen, die sie ihn kannte verändert – sie war weicher, ihre Ecken und Kanten runder geworden. Sie lächelte viel mehr. Ihre Augen waren strahlender. Der Kareem, den ich aus Amas Erzählungen kannte, war gutherzig, aufmerksam, geduldig, gutaussehend und weise. Schon bevor ich ihn kennenlernte, war ich beeindruckt.

Kareem in natura war nicht weniger beeindruckend. Er hatte diese nüchterne „nichts zu verlieren“-Ausstrahlung. Jahrelanges Dasein als illegaler Einwanderer in einem abweisenden Land machen das wohl mit dir, schätze ich. Er bereitete unsere Mahlzeit zu – Basmatireis mit Hähnchen und Erdnusssoße –, als würde er sie sich einfach aus dem Ärmel schütteln. Er unterhielt uns die ganze Zeit, während er hackte, abwusch, eingoss und rührte. Er ließ sich nicht einmal aus der Ruhe bringen, als ich ihm zögerlich von meinen Ernährungseinschränkungen erzählte. Ich entschuldigte mich mehrmals dafür, dass ich es nicht vorher erwähnt hatte, und fragte mich im Stillen, warum Ama nicht mit ihm darüber gesprochen hatte. Es faszinierte mich, dass er sogar wusste, was eine Veganerin war. Ich habe es nicht selten erlebt, Sätze wie „gehörst du zu der Sorte Veganer, die keinen Käse essen?“ (Gastgeberin, die mich zum Frühstück eingeladen hat) oder „wie wäre es mit gebratenem Eierreis?“ (Kellner, der mich in einem Restaurant über die veganen Optionen berät) selbst aus den Mündern hochgebildeter Deutscher zu hören. Kareem holte einfach einen weiteren Topf heraus und fuhr mit seinem Kochzauber fort …

… *„sans poulet“*, lachte er.

Till war in Kareems provisorischer Küche entspannt. Sie hatte nur die minimalen Grundvorraussetzungen – der Rest war improvisiert. Die Fensterbank diente zum Beispiel nachts als Kühlschrank und der Campingkocher genügte als Herd. Till trank gelassen Bier und hörte sehr interessiert Kareems Einschätzung der deutschen Nationalmannschaft während der Weltmeisterschaft 2010 zu (obwohl Kareem viel sagte, war für Till, als ich ihn später fragte, die unvergesslichste von Kareems Aussagen: „Es war so scheiße!“). Ama und ich ließen sie schließlich mit ihren Gesprächen alleine und setzten uns in Kareems Schlafzimmer.

„Ich mag ihn“, ich lächelte und legte mich auf seine Bettdecke. „Er ist süß.“

Ama strahlte – ihr Freund hatte den Beste-Freundinnen-Test bestanden und sie war erleichtert.

„Wieso hast du Beth und Ash nicht mitgebracht?“, fragte sie – sie musste das Thema wechseln, weil sie immer noch nicht über Kareem reden konnte, ohne irgendwie albern zu werden.

„Ach!“, stieß ich aus, wobei ich deutlich deutscher klang, als selbst mir angenehm war. „Sie haben wieder mal eine ihrer Rebellionen inszeniert – ich hab sie einfach gelassen.“

Ich versuchte es spielend abzutun, war aber, um ehrlich zu sein, ziemlich verzweifelt. Meine Kinder nahmen mich einfach nicht ernst. Ich gehe, was solche Angelegenheiten betrifft, nicht in die Tiefe mit Freundinnen wie Ama, die sich für die perfekte Mutter hält, *obwohl* sie keine eigenen Kinder hat. Der Geschirrtuch-Aufstand war von Beth (wem auch sonst?) angeführt worden. Sie hatte sich geweigert, die Spülmaschine auszuräumen, was bedeutete, dass Ash sie nicht, wie vereinbart, einräumen konnte. Inzwischen hatte ich Till bereits versprochen, dass ich damit aufhören würde, die Beherrschung zu verlieren und die Kinder wie eine Verrückte anzuschreien. Glücklicherweise fand ich in diesem Moment ein alternatives Druckmittel. Und das war der Grund, warum keiner von beiden jetzt mit mir hier waren.

„Sie sind so unordentlich“, räumte ich als kleine Information ein, „was ich in gewisser Weise gar nicht so schlimm finde, solange es ihre eigenen Räumen betrifft. Aber wenn es um Familienräume geht – die Küche zum Beispiel – macht mich das wahnsinnig.“

Ama hmmte ihr Verständnis. Ich fühlte mich ermutigt fortzufahren.

„Und wenn ich ihnen sage, wie ich mich fühle, dann interessiert sie das einen feuchten Dreck. Ash versucht wenigstens, irgendwie so gut er kann zuzuhören, aber Beth …“ Ich schüttelte meinen Kopf. „Ich verstehe nicht, wie jemand so absolut gar kein Bewusstsein für die Gefühle und Bedürfnisse anderer haben kann. Ich will sie nicht nur einfach kritisieren, ich will sie wirklich verstehen, aber es ist einfach alles andere als meine eigene Art …"

„Was hast du gerade gesagt?", fragte Ama.

„Ich sagte, es ist alles andere als meine eigene Art, sich der Gefühle anderer so unbewusst zu sein – ich meine …"

Ama sah mich an, dann brach sie in schallendes Gelächter aus. Und so fing der Streit an.

Als Till seinen Kopf ins Schlafzimmer steckte, um uns beide in die Küche zum Essen zu rufen, las Ama die Inhaltsstoffe von Kareems „Let's Dred"-Bienenwachs zum dritten Mal und ich tat so, als würde ich mich intensiv darauf konzentrieren, die Termine in meinem Kalender zu ordnen. Till schätzte die Situation sofort richtig ein und konnte sich einfach das Grinsen nicht verkneifen. Ich warf ihm einen bösen Blick zu, was ihm keine Angst einjagte, aber ihn vielleicht erfolgreich davon abhielt, irgendeinen neunmalklugen Kommentar abzugeben. Ich glaube, Ama hätte noch zurückbleiben wollen, um erst die Situation zwischen uns zu klären, aber ich drängte mich einfach an Till vorbei.

Das Abendessen war köstlich, obwohl die Pilzstückchen in meinem Hals steckenblieben. Aber die anderen, rücksichtslos wie sie waren, ließen sich durch meine schlechte Laune ihre eigene nicht verderben. Ama entspannte sich schnell und saß am Ende der Mahlzeit sogar auf Kareems Schoß. Es gab nichts, was ich hätte tun können, um die Einladung zu verhindern. Till hatte zugegeben, dass er keine Ahnung hatte, wie ein Heim für Asylsuchende aussah, und Kareem hatte ihm angeboten, am folgenden Wochenende mit ihm nach Möhlau zu fahren, um sich eins anzuschauen. Ich war mir nicht sicher, dass Till wirklich wusste, was ein solcher Besuch bedeuten würde. Er würde sich nie wieder unwissend stellen können, in irgendeinem Gespräch über das Wohlbefinden von Asylsuchenden in Deutschland. Ich war mir jedenfalls zu diesem Zeitpunkt nicht bewusst, dass Tills Besuch in Möhlau auch mein Leben für immer verändern würde.

*****

Ich tanze zu „It's Raining Men" und fühle mich unübertrefflich. Mein Bierflaschenmikrofon in der einen Hand, meine Augen geschlossen und meine Stimme, die von den Wänden widerhallt. Singen, als könnte mich niemand hören! (Obwohl ich schon das Gefühl hatte, als wäre irgendein armer kasachischer Bauer am anderen Ende der Mugodschar-Gebirges gerade aus friedlichem Schlummer gerissen worden, als ich voller Inbrunst „God bless mother nature!" sang. Wie dem auch sei.)

Jetzt meistert der DJ erfolgreich den Übergang von den Weather Girls zu Boys II Men – „End of the Road". Die Gäste bekunden ihre Zustimmung, indem sie „PAAARTY!" rufen (ich habe ihnen das beigebracht). Ich folge strikt einem ungeschriebenen Gesetz, das es Frauen verbietet, bei Männerliedern mitzusingen, also wird meine Bierflasche würdevoll ihrem rechtmäßigen Besitzer übergeben. Erst dann bemerke ich, dass Till der Besitzer ist. Und Till hat mich während des gesamten Auftritts beobachtet. Und ich bin kurz davor, ihn zu fragen:

„Was zum Teufel machst du hier?"

Aber etwas an diesem Moment. Etwas an der Art wie er mich anschaut. Etwas an dem Gefühl – die Haut an unseren Fingerspitzen, die einander streifen, als ich ihm die Flasche reiche. Es macht alles Sinn. Es fühlt sich irgendwie richtig an.

Und ich frage ihn, ob er tanzen will.

Und er sagt ja.

Sprechen, ohne zu sprechen.

Till lässt das Bierflaschenmikrofon irgendwo verschwinden; er nimmt meine beiden Hände in seine. Ich führe ihn zur Mitte der Tanzfläche. Ich erinnere mich nicht daran, dass irgendwer den Weg freimachte. Ich erinnere mich nicht an irgendwen. Jetzt tanzen Till und ich. Jetzt hängen meine Arme locker um seinen Hals. Jetzt ruhen seine Hände respektvoll auf meiner Taille. Und ich beginne mich atemlos zu fühlen.

Ich tanze mit meinem Ehemann.

Vor knapp zwanzig Minuten hörte ich mir bei einem inneren Monolog zu und stimmte all dem zu, was ich gesagt hatte. Till drückt meine Taille. Nur ganz leicht. Nur genug, um mich wissen zu lassen, dass wir uns jetzt jenseits von platonischem Territorium befinden. Es fällt mir schwer, mich jetzt an meinen Monolog zu erinnern. Es ist, als würde Till meine Gedanken lesen. Das könnte doch sein. Möglicherweise hat Till die Macht, Erinnerung aus meinem Kopf zu drängen. Vielleicht benutzt Till seine Hände, um „vergiss das alles mit deinem Versprechen, nie wieder mit mir zu reden" zu sagen oder …

so …

ähnlich …

Jetzt stehe ich auf meinen Zehenspitzen, leicht wiegend, weil er sich sanft bewegt, rhythmisch die Musik begleitend. Ich bleibe lange genug in dieser Position, um flüstern zu können (warte! … oh Gott … bin ich wirklich kurz davor zu …?)

„Du kannst deine Hände auf meinen Hintern legen, weißt du?"

(Oh verdammt … zu spät … naja, jetzt kann ich das ebenso gut weiterführen mit …) meine Lippen sind leicht geöffnet und ich lasse sie – ebenso wie die Spitze meiner Zunge – gerade eben seinen Hals berühren. „Ich will ja", flüstert er zurück, „aber dein Kleid ist im Weg …"

*****

Als Die Australierin Theo anfangs um Hilfe bat, war anscheinend nicht die Rede davon, dass Janik zu ihm ziehen sollte. Theo hatte nicht mal eine Wohnung – er lebte immer noch bei seinen Eltern in Frohnau. Er war der Blues in Person: Er hatte keine Arbeit, er hatte kein Mädel – außer seiner Liebe für Katzen, seinem Gras und natürlich Janik hatte er überhaupt gar nichts. Zu der Zeit ließ er das Leben größtenteils einfach geschehen, während er unter eine Wolke Ganja-Rauch relaxte.

Letztes Jahr, in einem Akt der Verzweiflung, hatte Die Australierin Theo eines Abends auf einen Drink eingeladen und ihn so taktvoll, wie sie nur konnte gebeten, doch ein bisschen mehr Interesse an seinem Sohn zu zeigen. Bis zu diesem Zeitpunkt hatte Theo sie sporadisch besucht, aber nie mehr als einen flüchtigen Eindruck bei Janik hinterlassen. Die Australierin war nicht beeindruckt von dem Ergebnis des Gesprächs an diesem Abend. So wie sie es erzählt, hatte Theo seine Schultern gezuckt und ein paar Mal „ja, was auch immer" gesagt, während er versuchte, einen besseren Blick auf ihre Brüste zu erhaschen. Als Die Australierin ihn einige Monate später anrief, war er nicht einmal ans Telefon gegangen. Darum hatte sie seine Email ursprünglich nicht ernst genommen – die berühmt-berüchtigte, die mit den Worten: „Hab drüba nahgedacht was du gesakt has, glaube hast recht …" anfing.

Doch es stellt sich heraus, wenn Theo sich etwas in den Kopf gesetzt hat, dann ist er nicht aufzuhalten. Er wollte wirklich ein neues Kapitel aufschlagen, sein Leben in die richtigen Bahnen leiten, und all die anderen fantasielosen Klischees. Er hatte es in weniger als drei Monaten geschafft, von „welcher Theo?" zum *Papa des Jahres* in Janiks Augen aufzusteigen. Da gab es kein Zögern, kein Zweifeln, als seine Eltern, ein ungleiches Paar, welches nebeneinander in seinem Star-Wars-Kinderzimmer saß, vorschlugen, dass er eine Weile zu Theo ziehen sollte.

„Wann soll ich packen?", war seine einzige Frage. Theo hatte bis über beide Ohren gestrahlt.

Damals hatte ich aus einer emotionalen Distanz verfolgt, wie sich die ganze Tragödie entfaltete. Die Australierin ist keine theatralische Frau und fordert niemals meine ohnehin schon geringe Kapazität für Mitgefühl ein, somit wusste ich nicht, wie verzweifelt sie sich fühlte, bis sie mich eines Nachmittags bat, bitte aufzuhören, von meinem letzten Kampf mit Beth zu reden. Ihr schulterlanges braunes Haar hing schlaff herunter, umrahmte ihr Gesicht und ließ sie älter und müder als sonst aussehen. Ihre Hände zitterten und ihre Augen, eine komplizierte Mischung aus Grau und Braun, glänzten nass. Ich hörte auf zu reden, aber zog meine Augenbrauen hoch und wartete auf weitere Informationen. Die Australierin jedoch stand auf und ging in die Küche, nicht aus Ärger und nicht aus Verzweiflung, aber scheinbar auf der Suche nach „etwas zu tun“, um aus einer „womit wechseln wir das Thema?“-Stillesituation herauszukommen. Nach einer kurzen Pause folgte ich ihr. Es war so gar nicht mein Stil. Ich denke, das war es, was sie ermutigte, sich zu öffnen. Als ich hereinkam, hatte sie gedankenverloren aus dem Küchenfenster gestarrt, während sie darauf wartete, dass der Wasserkocher zu Ende kochte. Abgesehen davon, gab es kein anderes Geräusch in der ganzen Wohnung. Sie machte sich nicht die Mühe, die eine Träne wegzuwischen, die ihrem linken Auge entwichen war und sanft ihre Wange herunter rollte.

„Es fühlt sich so an, als hätte man mir den rechten Arm abgeschnitten“, sagte sie endlich, als Antwort auf meine ungestellte Frage.

Ich wusste, dass Janik sie überhaupt noch nicht angerufen hatte, seitdem er offiziell ausgezogen war. Ich wusste auch, dass er es jedes Mal, wenn sie ihn anrief, nicht abwarten konnte aufzulegen, um mit dem spontanen Wrestlingkampf fortzufahren oder zurück zu der DVD zu kommen, die er sich ansah oder was auch immer er sonst mit Theo machte – Dinge, die *sie* nie mit ihm gemacht hatte. Sie räusperte sich, presste die Hände ineinander und drückte sie ganz fest. Es schien, als würde der Wasserkocher für immer kochen – mir fiel nichts ein, was ich sagen konnte. Und was hätte ich auch sagen können? Zu der Zeit war ich noch nie in einer Situation wie ihrer gewesen. Ganz im Gegenteil. Ich dachte früher, dass ich an dem Tag, an dem meine Kinder ausziehen würden, eine Toga anziehen und die Bergmannstraße herunter Samba tanzen würde – ich glaubte, der Tag könnte nicht schnell genug kommen. Ich würde bald herausfinden, dass das in Wahrheit ganz und gar nicht so war, und dass ich, wenn es darauf ankam, genauso hart wie Till für das Recht, meine Kinder bei mir wohnen zu haben, kämpfen würde.

Ich sah sie an, rang mit mir, aber verließ meine spontane mentale Straßenparty und strengte mich umso mehr an, jetzt das Richtige zu sagen.

„Hast du mit Theo gesprochen?“, brachte ich schließlich hervor.

„Das bringt nichts.“

Naja. Stimmt.

Danach fragte ich nur noch aus Höflichkeit nach weiteren Erläuterungen. Ich vermied Theo ohnehin aus Prinzip und es fiel mir schwer, meinen Ohren zu trauen, als Die Australierin mir anfangs erzählte, dass sie sich Hilfe suchend an ihn gewandt hatte.

„Das wird in Tränen enden“, hatte ich sie gewarnt. Leider hatte ich Recht.

„Seine Eltern haben ihm eine Wohnung gekauft.“

Als sie sprach, flogen kleine Tröpfchen Speichel durch die Luft. Sie lenkten mich irgendwie ab, aber es gelang mir gut, es nicht zu zeigen.

„Er hat eine Wohnung am Kollwitzplatz. Mit Blick auf den Park. Alles abbezahlt. In bar. Und er hat mir immer erzählt, er sei ein Anarchist ...“ Die Australierin – welche übrigens die einzige lebende deutsche Person ist, die Instantkaffee nicht nur trinkt, sondern ihn sogar über alles liebt – drehte sich weg, um das heiße Wasser in die Tassen zu gießen. Zu diesem Zeitpunkt war es nicht nötig, sie darauf hinzuweisen, dass kein Kaffeegranulat in ihnen war – sie würde das selbst früh genug herausfinden.

„Ich habe nie einen einzigen Cent von irgendeinem von ihnen bekommen. Nie. Aber jetzt wo Janik bei ihrem Sohn lebt, kaufen sie ihm eine Wohnung!“

Ein Grund dafür, warum Die Australierin sich an Theo gewandt hatte, um Hilfe mit Janik zu bekommen, war der, dass sie unglaublich hart arbeitete und unbedingt mehr Unterstützung brauchte. Für einfache Dinge eigentlich, wie Janik bei seinen Hausaufgaben zu helfen (während sie träge Männer mit Gicht in einem überteuerten Restaurant bediente); ihm das Abendessen zu kochen (während sie Hostelzimmer in der Innenstadt putzte); oder ihm zur Schlafenszeit etwas vorzulesen (während sie im Regen nach Hause radelte). Sie schrieb ihre Doktorarbeit hier und da, während ihrer Mittagspausen, und plante in der Badewanne oder während des Kochens, was sie schreiben würde. Sie fühlte sich ständig schuldig, dass sie nicht genug für Janik da war, und wenn sie es war, schlief sie fast immer ein. Die Australierin hatte mehr Liebe für ihren Sohn gewollt – Liebe, die nicht auf Gefallen von wohlmeinenden Freunden und Nachbarn basierte und die durch Angebote, auf ihre Kinder aufzupassen oder zu putzen, zurückgezahlt werden würden, sondern einfach bedingungslos. Früher war Theo zu stoned gewesen, um das bieten zu können. Aber jetzt, da Janik tatsächlich bei ihm lebte, war das ein vollkommen anderer Umstand, welcher außerordentliche Opfer von seinen Mitmenschen abforderte: lebenslange Ersparnisse seiner Eltern, ewige Geduld von Der Australierin und uneingeschränkte Loyalität von Janik.

Ich legte meinen Arm um ihre Schulter und ließ sie ihren Kopf darauf lehnen. Sie schloss ihre Augen und lächelte matt.

„Ich habe eine Theorie“, sagte sie. Ihre Stimme war beinahe ein Flüstern.

Ich sagte nichts. Ich wusste, dass sie wusste, dass ich immer noch für sie da war.

„Ich glaube seine Familie hat mir immer noch nicht vergeben – sie nehmen Rache.“

Ach was, Sherlock.

„Warum sagst du das?“

„Ahh …“ Sie öffnete ihre Augen und konzentrierte sich zum ersten Mal auf den kaffeefreien Kaffee, den sie für uns zubereitet hatte. Sie lachte; dann befreite sie sich aus meiner Umarmung. Klick. Der Wasserkocher fing ein zweites Mal zu kochen an.

„Du weißt, dass sie Greta kennengelernt haben?“

„Na und?“

Ich meine, es war kein Geheimnis, dass Die Australierin Theo für eine Frau verlassen hatte.

„Habe ich dir gesagt, was sie ihnen erzählt hat?“

Ich zuckte meine Achseln. Ich habe Greta auch kennengelernt. Ich habe eine blühende Phantasie, aber nichts, was ich mir vorstellen könnte, käme wahrscheinlich dem, was sie gesagt hatte, auch nur ansatzweise nah.

„Sie hat Theos Eltern gesagt, der wahre Grund, warum ich ihn verlassen habe war …“ Die Australierin hielt inne, um vorsichtig eineinhalb Teelöffel Kaffeegranulat in jede Tasse zu geben, zwei Löffel Zucker in meine und je einen Teelöffel Milchpulver in beide.

„ … war, weil ich einfach nicht weiter eine Lüge leben konnte. Ich musste endlich ehrlich mit mir sein, weil ich meine wahre Identität gefunden hatte.“

Doch ich wusste da war mehr. Ich konzentrierte mich jetzt auf die Augen Der Australierin. Sie war gerade damit fertig geworden, das Wasser in den Kaffee zu gießen, und reichte mir nun meine Tasse.

„Du glaubst, sie waren deshalb verärgert?“, fragte ich sie, nach einigen Momenten Stille.

„Natürlich nicht,“ antwortete sie. „Nein, Greta sagte ihnen, als sie fragten, von was für einer Identität sie sprach, dass ich mich als strenge Vegetarierin betrachte … und das Theo und ich deswegen so fundamentale Probleme hatten … weil ich ihm nie wieder einen blasen könnte.“

Der Kaffeestrahl, der in diesem Moment aus meinem Mund und meiner Nase sprühte, bedeckte Die Australierin, die meisten Küchenoberflächen und einen Teil des Fensters. Das Chaos tat mir leid, aber keiner von uns machte es an diesem Morgen etwas aus sauberzumachen. Wir hatten beide dieses Lachen wirklich gebraucht.

*****

Man sagt, in jedem Menschen steckt ein Roman. Ich bin definitiv keine Schriftstellerin, aber wenn ich jemals jemanden treffen würde, der bereit wäre meine unvollendeten Liedertexte und tränenüberströmten Tagebücher in ein literarisches Werk umzuarbeiten, dann würde ich wahrscheinlich den Titel wählen: „Wie du ein Kind lieben kannst, selbst wenn du das starke Verlangen verspürst, es in den Hintern zu treten", und ich würde es Beth widmen. Meine neueste Schlussfolgerung war, dass ihr und mir beiden ein großes Unrecht angetan wurde: Warum waren unter all den Menschen speziell dieses eine Mädchen und diese eine Frau in einer Mutter-Tochter-Beziehung aneinander gekettet worden? Mir wurde oft gesagt, dass wir beide großartige Persönlichkeiten waren – nur traurigerweise zu unterschiedlich. Oder zu ähnlich. Oder etwas ebenso Tiefsinniges. Ich brauchte Jahre, um die Tatsache zu akzeptieren, dass wir uns einfach nicht mochten. Ich weiß, Mütter sollten das nicht sagen, aber wenn es die Wahrheit ist – warum sollte man es verstecken?

Beth frustrierte mich, weil sie ein Mensch ist, der immer auf die Füße fallen wird. Sie lebt in einer Zeit, in der es absolut angemessen für sie ist, eine Rapperin oder Basketballspielerin werden zu wollen. Meine Versuche, sie über rassistische Klischees aufzuklären, enden bestenfalls darin, dass ich verspottet werde. Und das wirklich Ärgerliche ist – sie widerlegt mich immer wieder aufs Neue. Sie spielt nächstes Jahr bei der Basketballnationalmannschaft vor. Sie gewinnt jeden Poetry Slam, bei dem sie mitmacht. Ihr Selbstbewusstsein scheint über ihr Schwarzsein hinauszugehen. Es ist eine Sprache, die ich schlicht und einfach nicht verstehe.

Ich bin als einziges Schwarzes Mädchen in einem Vorort von London aufgewachsen, wo ich früh gelernt habe, dass Ärger vermieden werden konnte, wenn ich mich weiß benahm. Natürlich gelang es mir nicht, irgendjemanden davon zu überzeugen, aber meine Versuche waren so glaubwürdig, dass ich wirklich sehr wenig zu leiden hatte. Die Kinder, mit denen ich spielte, konnten mir ignorante Fragen über meine Haare stellen oder unverschämte Kommentare über meine Hautfarbe machen, und wenn sie es taten, würde ich genauso laut lachen wie sie. Ich realisierte erst dann, dass ich Schwarz war, wenn ein anderes Schwarzes Kind in der Gruppe auftauchte – ein neues Mädchen in der Schule vielleicht, oder ein Familienfreund, der zu Besuch kam. Jedes Mal empfand ich diese Begegnungen als verwirrend, als desorientierend. Und ich vermied Blickkontakt. Beth hingegen …

granatsplitter (179) „... Ich hätte dich schon vor Jahren verlassen sollen ...“

fünf

… ich bin wacklig auf den Beinen, um es milde auszudrücken, als Kareem und Ama eintreffen – und das liegt nicht daran, dass ich nicht oft hochhackige Schuhe trage. Kurz bevor ich sie hereinkommen hörte, hatte ich Amas Namen seit 19 Uhr mindestens dreimal die Stunde verflucht – sie hatte versprochen, pünktlich hier zu sein, um mir zu helfen. Also was soll das? Wie soll ich das hier alles regeln und mich gleichzeitig beiläufig mit meinen Gästen unterhalten? Ich fühle mich überfordert von der Kunst, gleichzeitig mehreren Aufgaben nachzukommen. Wenn diese Party missglückt, dann wird das Amas Schuld sein. Natürlich ist Die Australierin direkt an meiner Seite – wie immer. Sie hat sogar die komplette Aufsicht über das Knabberzeug in die Hand genommen und hält gleichzeitig die Turntables am Laufen. Aber so treu sie auch ist, selbst sie kann meine *Sista* nicht ersetzen. Der Partyraum war voll und die Musik war laut, als ich Der Australierin eine taktvolle Ausrede ins Ohr flüsterte und verschwand, um mich hinzulegen:

„ … nur für fünf Minuten."

Mein Lieblingsversteck im meinem Schlafzimmer ist die enge Lücke genau zwischen dem Bett und der Wand, unter dem Fenster. Von dort kann ich in den Himmel schauen und kaum etwas anderes sehen. Ein paar Blätter, vielleicht ein oder zwei vorbeifliegende Vögel. Das wars. Es gibt mir das Gefühl, mit dem Rest der Welt verbunden zu sein, während ich gleichzeitig umarmt werde von Stoffen und Kissen und Holz und Tapete. Ich bin warm. Ich bin sicher. Von hier kann ich beobachten und dennoch nicht gesehen werden. Und wenn ich ruhig und konzentriert genug bin, kann ich auch zuhören und nicht gehört werden. Das ist der Grund, warum Ama nicht vermuten wird, dass ich viele Monate später, als wir auf dieses Thema zu sprechen kommen, ganz genau wissen werde, dass sie mir das Blaue vom Himmel herunter lügt. Sie kommt in mein Zimmer und wirft ihren Überwurf auf den nächstbesten Stuhl.

Eigentlich habe ich nicht vor zu lauschen. Wirklich nicht. Ich erkenne Amas Stimme und mein Herz schlägt höher. Ich bin kurz davor, „hey girlfriend“ in diesem nachgeahmten amerikanischen Akzent zu sagen, den ich manchmal benutze, wenn ich mich gut fühle, aber ich bin den Bruchteil einer Sekunde zu langsam. Ich öffne meinen Mund gerade, als sie den Satz beendet, von dem ich weiß, dass er etwas mit mir zu tun hat:

„Du musst mit ihr reden. Du *musst.* Sie muss es wissen.“

Ich kann hören, wie Kareem nervös von einem Bein aufs andere tritt. Es scheint, als würde das keine einfache Aufgabe für ihn werden, was auch immer Ama von ihm erwartet. Ich verspanne mich und halte meinen Atem flach. Ama fährt fort. Ich glaube, ich kann den Klang von Tränen in ihrer Stimme hören.

„Ich kann einfach nicht glauben, dass sie so etwas tun würde …“

Mein erster Gedanke ist, dass Till mit ihnen gesprochen hat. Aber wenn ich darüber nachdenke, wie könnte der es überhaupt wissen? Ich hatte den Briefumschlag unbeobachtet abgeliefert – oder hatte mich jemand gesehen? Mein Gehirn arbeitet auf Hochtouren. Ich stelle mir vor, wie Kareem Ama gegenüber steht und versucht, sich etwas Philosophisches einfallen zu lassen. Ich denke, er kann gut mit Krisensituationen umgehen. Er hat ein ruhiges Gesicht, dessen Ausstrahlung nicht von der Narbe auf seiner linken Wange gestört wird. Doch ein langes Schweigen tritt ein, und es ist eindeutig, dass dieses Problem ihn mit einer Herausforderung konfrontiert, welche selbst seine Kapazitäten übersteigt.

Ich bereue immer noch nichts – nicht einmal jetzt, als mir klar wird, wie sehr auch meine engsten Freunde leiden. Kareem murmelt etwas wie „blöde Europäer“ vor sich hin. Das schockiert mich ein wenig, aber ich kann ihm verzeihen. Jetzt herrscht Schweigen. Es hält so lange an, dass ich anfange zu glauben, dass sie beide bereits mein Schlafzimmer verlassen haben. Ich liege auf dem Boden und lasse mir die Dinge weiterhin durch den Kopf gehen. Schließlich wird mir klar, dass Kareem weint. Seine Stimme ist gedämpft, also schätze ich, dass Ama ihn im Arm hält. Ich habe Kareem nie auch nur ansatzweise den Tränen nahe erlebt, und kann mir nicht vorstellen, dass das irgendwas mit Till zu tun hat. Etwas anderes – etwas viel Größeres – steckt dahinter. Endlich spricht Kareem:

„Sie hat zwei Tage an diesem Ort verbracht. Stell dir vor! Zwei ganze Tage."

Während er schluchzt, spüre ich einen Anflug von Panik: Wer? Sie?

Er fährt fort.

„Sie haben sie in eine Zelle gesperrt. Kein Licht. Keine Fenster. Nichts. Sie konnte nicht mal ihre eigene Hand vor Augen sehen. Sie haben einfach alle Lichter ausgeschaltet. In dem Raum gab es kein Bett, Ama. Stell dir das vor! Nur einen Stuhl. Für zwei ganze Tage."

Von wem redete er?

Ich kann Ama seufzen hören. Kareem schnieft, atmet tief ein und spricht dann weiter.

„Als sie mich anrief, sagte sie mir, ich sei der Einzige gewesen, den sie anrufen durfte. Und sie hatte nur fünf Minuten. Sie sagte, sie habe so viel in der Zelle geschrien, aber niemand habe ihr geholfen. Was für Tiere sind diese Leute, Ama? Ich weiß, wie sie arbeiten. Sie werden ihr den Mund zukleben und sie unter Drogen setzen, damit sie die Businessklassenpassagiere nicht stört …"

Kareem sackt wieder in sich zusammen.

In diesem Moment wird mir tief in meinem Innersten bewusst, dass dies doch mit etwas, was ich getan habe, zusammenhängt. Ich bekomme schreckliche Angst. Während mein

Herz unkontrollierbar pocht, bete ich, dass keiner von ihnen es hören wird. Ich höre auf, auf den richtigen Zeitpunkt zu warten, um hinter dem Bett hervorzukommen, um mich dem Gespräch anzuschließen, und fange stattdessen an, darauf zu warten, dass Ama und Kareem einfach das Zimmer verlassen.

Oh Gott.

„Du musst mit ihr reden“, flüstert Ama. „Sie wusste es nicht; ich weiß, dass sie es nicht wusste.“

Ama nimmt mich in Schutz. Aber wofür? Was habe ich getan? Die Tür öffnet sich knarrend und Klangfetzen von Beyoncé schweben herein und hängen in der Luft. Ich stelle mir vor, wie Kareem schnell sein Gesicht abwischt und stattdessen so etwas Ähnliches wie ein Lächeln darauf zurechtrückt.

„Hey Kareem, hey Emma!“ Die Heiterkeit in den Begrüßungen Der Australierin überwiegt jedes Mal die Dreistigkeit, die man besitzen muss, um permanent den Namen von jemandem falsch auszusprechen. „Wo ist das Geburtstagskind?“

Man hört ein paar Schritte und Gemurmel. Es ist offensichtlich, dass sie jetzt alle gleichzeitig mein Zimmer verlassen haben. Wahrscheinlich sogar, um nach mir zu suchen. Ich muss den Zeitpunkt für mein Hinauskommen gut planen. Und ich muss mich auch auf Kareems Vortrag vorbereiten. Ich lasse nun endlich die Erkenntnis zu, dass sie über Tills andere Frau gesprochen haben. Ich bin jedoch immer noch nicht bereit, mir einzugestehen, wie sehr mir das eigentlich Angst macht.

Ich stehe auf. Ich sehe mich im Spiegel an und sehe etwas Ausgehöhltes. Das bin ich nicht. Ich lächle ein wenig. Das bin ich auch nicht. Ich schließe meine Augen und zwinge mich dazu, mich gut zu fühlen. Zwinge mich, mich ekstatisch zu fühlen – ich habe Geburtstag! Ich feiere!

Ich vergesse jedes einzelne Wort von dem, was ich gerade gehört habe, öffne meine Augen und strahle ganz einfach.

*****

Till hörte sofort auf, an seinen Fingernägeln zu kauen, als er merkte, dass ich ihn beobachtete. Ich war gerade damit fertig, das Café schnell nach großen, blonden, nach Studenten aussehenden Männern abzusuchen. Obwohl Till seinen Master vor mehreren Monaten abgeschlossen hatte, würde er in meinem Kopf für immer ein *Che Guevara* T-Shirt tragen, schwarzen Kaffee trinken und *Das Kapital* lesen. Mir war es zu dem Zeitpunkt nicht aufgefallen, aber irgendwann während der letzten paar Tage hatte er seine Haare schneiden lassen. Es sah gut aus. Besonders, weil er sich gerade einen Bart wachsen ließ. Aber er kaute auch an seinen Nägeln – bis sich unsere Blicke trafen. Ich erinnere mich nicht, dass er jemals so sehr wie ein Fremder für mich ausgesehen hat. Selbst damals, als wir uns kennenlernten, hatte ich das Gefühl gehabt, ihn irgendwo schon mal gesehen zu haben, dass es uns vorherbestimmt war uns zu treffen und zu heiraten und dieses Und-wenn-sie-nicht-gestorben-sind-Ding zu machen. Jetzt saß er da wie ein Mann, den ich kaum wiedererkannte. Er sprach mich nicht mit Namen an. Begrüßte er mich überhaupt? Ich sagte „Hallo Till" und er machte zu genau der gleichen Zeit ein Geräusch, also konnte ich nicht ganz hören, was er sagte, und fühlte mich nicht dazu eingeladen, ihn zu bitten, es zu wiederholen.

Ich setzte mich hin, aber bereute es fast sofort: Es war abzusehen, dass das Gespräch nicht auf einer einzelnen Ebene bleiben würde, und Zwischen-den-Zeilen-Dinge bereiten mir Bauchschmerzen. Genaugenommen bereitet Till mir grundsätzlich Bauchschmerzen, obwohl das nicht immer eine schlechte Sache ist. Ein unglaublich langes Schweigen setzte ein und meine innere Stimme riet mir, einfach abzuwarten. Ich war immerhin nicht diejenige, die dieses Treffen vorgeschlagen hatte. Ich wartete darauf, dass jemand mir einen überteuerten Kaffee anbot, und konzentrierte mich stattdessen aufs Zählen … wie viele Sekunden würde es dauern, bis er das Eis brach? Ich schätzte fünfzig.

Ich wurde von einem säuerlich dreinschauenden Kellner gebeten, meine Bestellung zu wiederholen, weil er „mich akustisch nicht verstanden hatte". Als ich ihn noch einmal ansah, wurde mir klar, dass er einen schlimmeren Tag als ich gehabt haben musste. Also beschloss ich, es ihm leicht zu machen.

„Entschuldigen Sie“, lächelte ich, „ich habe gefragt, ob ich einen Latte mit Sojamilch bekommen kann?“

Er sah verwirrt aus – ich nehme an, weil ich seinen Rhythmus von:

Frage-Antwort-Bestellung bringen

gestört hatte.

Jetzt musste er:

gehnachhintenundfragdenchefobwirsojamilchhabenverdammt

in die Sequenz einbauen. Der Arme. Sekunden später kam er zum Tisch zurück und bestätigte, dass Sojalatte machbar sei. Ich hatte das die ganze Zeit schon gewusst. Ich war nicht so neu hier, wie er anscheinend war. Ich ließ es mir noch ein paar Sekunden durch den Kopf gehen und beschloss dann, stattdessen einen Pfefferminztee zu bestellen. Ich glaube tatsächlich, dass er davonstampfte. Nichts von dieser Interaktion ging in die Berechnung der fünfzig Sekunden mit ein. Als Till endlich sprach, war ich überrascht, dass meine lautlose Stoppuhr erst neununddreißig erreicht hatte. Die Zeiten hatten sich zweifellos geändert.

„Wie geht es den Kindern?“

Seine Stimme hatte diese raue Beschaffenheit, die man manchmal bekommt, wenn man eine Weile nicht gesprochen hat. Oder wenn man viel geschrien hat.

„Sie vermissen dich.“

Meine Stimme war, im Gegensatz dazu, kristallklar. Till bewegte sich unruhig auf seinem Stuhl und blickte zu Boden.

„Ich vermisse sie auch“, erwiderte er, kaum lauter als ein Flüstern. Ich musste schlucken. Ich hatte nicht erwartet, dass er das sagen würde, und wusste nicht, was ich jetzt machen sollte. Es herrschte eine weitere Periode des Schweigens, während Griesgram mir mein Glas Tee beinahe auf den Tisch warf. Es schien, als stünde uns ein Krieg unmittelbar bevor, aber ich hatte nicht das Bedürfnis, einen Kampf an zwei Fronten zu führen, und beschloss, ihn gehen zu lassen. Ich konzentrierte meine restliche Energie auf den verblassenden Mann, der mir direkt gegenüber saß, und fragte mich, was er als nächstes sagen würde. Ich wischte die Teespritzer vom Tisch und beobachtete die anderen Cafégäste.

„Es tut mir leid wegen letzter Nacht", sagte er.

Ich sah ihn genau an. Er sah aus, als würde er aufrichtig meinen, was er sagte.

„Nächte", antwortete ich kühl. Ich sagte ihm nicht, dass ich mir Sorgen um ihn gemacht hatte.

Till nickte in einer komischen Mischung aus Zustimmung und Resignation. Es war das erste Mal, dass er nicht nach Hause gekommen, war ohne mir zu sagen, wo er steckte. Zwei Nächte und drei Tage lang versuchte ich mehrere hundertmal ihn zu erreichen. Sein Handy war ausgeschaltet gewesen – abgesehen von einem Mal, gestern Nacht, als es dreimal geklingelt hatte. Ich dachte, dass ich ihn endlich erreicht hätte, aber offensichtlich hatte er es aus Versehen eingeschaltet gelassen. Mitten während des vierten Klingeltons schaltete es auf einmal zur Mailbox um. Till wischte sich mit der rechten Hand durch sein Gesicht, genauso wie er es immer macht, wenn er gerade aufgewacht ist und sich den Schlaf aus den Auge reiben muss. Ich erinnerte mich, dass er regelmäßig ein bisschen vergisst und ich normalerweise am Ende den letzten Krümel für ihn entferne …

„Ich weiß", seufzte er, meine Gedanken unterbrechend. „Es tut mir leid. Ich …", er hielt kurz inne und trank etwas Kaffee, bevor er fortfuhr. „Ich weiß, ich hätte zurückrufen sollen. Es ist nicht einfach gewesen in letzter Zeit …"

Ich ziehe eine Augenbraue hoch. Mein Blick ist unbarmherzig und unversöhnlich. Er denkt, er hat es schwer gehabt?

„Wie dem auch sei … Ich habe mich heute krank gemeldet. Ich will mich … mit dir und den Kindern treffen … etwas unternehmen." Eine Pause.

„Bitte." Eine weitere Pause.

„Ja?"

Im Nachhinein, als ich an dieses Treffen zurückdachte, machte ich eine lange Liste von Dingen, die ich hätte sagen sollen. So wie:

„Tut mir leid, sie sind damit beschäftigt ihr Leben weiterzuführen, nachdem sie dachten, ihr Vater wäre für immer verschwunden."

oder

„Ja, Till, ich habe Mitleid mit dir – wie muss es sich anfühlen, ein Arschloch zu sein, der seine Kinder für drei Tage im Stich lässt, nur weil er in einem Streit mit seiner Frau seinen Standpunkt nicht vertreten kann?"

oder

„Ich werde sie fragen, ich denke sie könnten sich noch daran erinnern, dass du dich einmal für ihre Gefühle interessiert hast."

oder

„Ah … jetzt, da *du sie* sehen willst, soll es passieren, was?"

oder

„War das nicht exakt der Inhalt von den fünfzehn Nachrichten, die wir dir zusammen hinterlassen haben, von denen du *keine* beantwortet hast?"

Aber ich sagte nichts davon. Ich seufzte stattdessen. Mein Gesichtsausdruck wurde weicher. Till sah aus, als könne er sein Glück nicht fassen.

„Um wie viel Uhr?", fragte ich.

So gut wie er mich kannte, hatte er sicherlich im Vorfeld dieses Gespräches auch all die vorher erwähnten Sätze in seinem Kopf umherschwirren gehört. Ich wollte lächeln, aber es gelang mir, mich zurückzuhalten.

„Kann ich heute Abend vorbeikommen? Gegen Sieben?"

Ich legte eine dramatische Pause ein, bevor ich sprach. „Auntie kommt morgen. Es ist ein Nachmittagsflug. Kannst du sie abholen?"

Es war eine rhetorische Frage. Till war nicht in einer Position, irgendetwas außer „ja" zu sagen, was er auch tat. Ich nickte, um zu signalisieren, dass ich ihn gehört hatte. Ich legte eine weitere dramatische Pause ein, während ich ihn ansah. Plötzlich hatte ich keine Lust mehr, hier mit ihm zu sitzen. Irgendwas an der Art und Weise, wie er seine Augenbrauen so in der Mitte seiner Stirn nach oben zog. Flehend. Kindlich. Es ging mir einfach auf die Nerven. Ich wollte wütend auf ihn sein, und doch war ich schon wieder soweit, an der Grenze zum Mitleid zu taumeln. Ich stand auf, obwohl ich nicht einen Schluck von meinem Tee getrunken hatte.

„Ich werde es ihnen sagen. Ash hat Fußball ab halb sechs. Aber vielleicht kannst du hingehen und sein Spiel anschauen und ihn dann von dort abholen?"

Für den Bruchteil einer Sekunde sah Till aus, als befände er sich in einem großen Konflikt. Ich war überrascht – während dieser gesamten Tragödie, die unsere Ehekrise war, hatte Till nicht ein einziges von Ashs wöchentlichen Fußballspielen verpasst und hatte ihn nach jedem Training abgeholt. Ich war kurz davor zu fragen, ob er es lieber nicht machen würde, aber er lächelte gerade noch rechtzeitig.

„Liebend gern", sagte er.

„Gut", antwortete ich.

Ich wartete eine Sekunde und nickte dann an Stelle eines „auf Wiedersehen." Ich war im Begriff zu gehen, genau als Till noch eine weitere Frage stellte.

„ … und Beth?"

Ich schaute Till richtig an, in die Augen, das erste Mal an diesem Tag – das erste Mal seit Monaten. Ich schaute nicht lange, aber ich sah alles. Das Bedauern darüber, sein wöchentliches Date mit Beth verpasst zu haben, die Erkenntnis, wie wütend sie auf ihn war, die schleichende Angst, dass der Schaden, den er seiner besonderen Beziehung zu ihr zugefügt hatte, nicht rückgängig zu machen sei.

„Ich werde es ihr ausrichten“, sagte ich leise. Ich ging.

*****

Intimität kann man nicht online bestellen.

Das ist die zweite Gewissheit in meinem Leben. Ich habe die Kontaktanzeigen sorgfältig studiert und herausgefunden, dass sie in den Printmedien auch nicht erhältlich ist. Ich saß eines regnerischen Septemberabends mit einem demotivierenden Hochglanzmagazin auf meinem Schoß und ließ diese Hoffnung davon driften. Ama lachte mich aus, als ich ihr erzählte, dass ich verliebt sein wollte. Ich sagte ihr nicht warum. Ich sagte ihr nicht, dass es mir gefiel, die Kontrolle zu verlieren, dass es mir gefiel, wenn mein Verstand überfallen und jeglicher logischer Aktivitäten beraubt wurde, dass es sich gut anfühlte zu fallen, nicht zu wissen oder sich etwas daraus zu machen, ob jemand da sein würde, um mich aufzufangen. Sie hörte nichts von all dem von mir. Während ihre Schultern bebten, wanderten meine Augen die Bahnen ihrer Cornrows entlang. Sie sahen so stramm aus, dass ich mich fragte, ob sie möglicherweise ihre Kopfhaut in Fetzen reißen könnten. Ich vergab ihr ihren Zynismus sofort: sie musste, schloss ich, die allerschlimmsten Kopfschmerzen haben. Stattdessen füllte ich ihr Glas mit Billigwein nach. Wir feierten.

„Was?“

„Weiß ich nicht. Wir denken uns was aus.“

Ich weiß nicht mal mehr, wer wen anrief oder wer vorschlug, unsere Sorgen in Grauem Burgunder zu ertränken. Und es war mir egal. Aber Ama übertrieb es jetzt mit dem Lachen.

„Bist du nicht verliebt?“, fragte ich.

Ama bekam beinahe keine Luft mehr. Sie hatte Tränen in den Augen – und nicht aus romantischer Rührung. Ich klopfte ihr mehrere Male auf den Rücken, als mir klar wurde, dass sie tatsächlich nach Atem rang. Ich habe sie vielleicht ein wenig fester gehauen als nötig war. „Kommst du zu unserer Hochzeit?“, fragte sie mich, als sie endlich ihren Atem wiedererlangte. Das bedeutete übersetzt: „Stell mir nicht so verdammt blöde Fragen.“ Ich hatte verstanden. Ich sagte eine lange Zeit nichts, aber fühlte mich vollkommen gelassen. Ama war nicht so cool, wie sie sich gab. Ich hatte *doch* einen wunden Punkt berührt.

Sie nahm langsam noch einen Schluck, schloss ihre Augen und kratzte sich knapp über ihrer linken Augenbraue und legte eine dramatische Kunstpause ein, bevor sie weitersprach.

„Sie haben ihm heute geschrieben.“ Auch das hatte eine versteckte Bedeutung. Sie hätte es früher erwähnt, wären es gute Nachrichten gewesen. Und in diesem Augenblick war ich nicht mehr angetrunken, noch fühlte ich mich traurig wegen meiner letzten Auseinandersetzungen mit Till, sondern ich war erfüllt von einer lähmenden Angst. Der Brief hätte eigentlich nicht so früh eintreffen sollen.

„Oh Scheiße.“

Diese beiden Worte brachten alles auf einen Punkt. Keine von uns sprach noch einmal davon für den Rest des Abends. Ama sah erschütternd aus, und mir wurde klar, dass sie es die ganze Zeit, seitdem ich hier war, getan hatte. Ich machte keinen Versuch, auf sie einzureden. Wenn Ama leidet, dann zieht sie es vor, das allein zu tun.

Wenn sie sich jedoch Zugang zu ihren tiefsten Gefühlen erlaubt hätte, dann hätte sie womöglich gesagt:

„Wie kann ich jemanden weiterhin lieben, den sie mir wegnehmen wollen?“

Und wenn sie das gesagt hätte, hätte ich geantwortet:

„Wie kannst du aufhören, jemanden zu lieben, den sie dir wegnehmen wollen?“

Ich hätte ihr gesagt, dass Liebe bedingungslos ist. Und dass eine belanglose Einzelheit wie Nationalität nicht darüber entscheiden würde, ob zwei Menschen zusammen sein sollten oder nicht. Selbst wenn jemand keine Nationalität hatte. Oder wenn derselbe Jemand verzweifelt versucht hatte, seine in einer Nacht-und-Nebel-Aktion loszuwerden, indem er seine gesamten Dokumente eine kaputte Toilette heruntergespült hatte. Ein Risiko, dass Kareem jetzt bereute, da er keinen Identitätsnachweis hatte, und deshalb seinen Aufenthalt in Deutschland nicht sicherstellen konnte, indem er Ama heiratete – zumindest hatte man sie das glauben gemacht.

Obwohl ich nicht viel mit Kareem zu tun gehabt hatte während der letzten Wochen, tat es mir aufrichtig Leid, dass sein letzter Folgeantrag abgelehnt wurde. Ich fragte mich, ob er Deutschland freiwillig verlassen würde, oder ob er untertauchen und riskieren würde, erwischt und abgeschoben zu werden. Ich behielt meine Gedanken für mich.

Das letzte Mal, als ich ihn gesehen hatte, war ich in dem Afroshop in der Nähe vom Mehringdamm gewesen und er hatte mir die wärmste, aufrichtigste Umarmung gegeben. Als wir nebeneinander zurück zu meiner Wohnung liefen, hatte ich ihm erzählt, wie viel Till von seinem Besuch in Möhlau geredet hatte, Kareems offiziellem Wohnsitz. Kareem lächelte schwach – irgendwie zufrieden, aber trotzdem, es hatte nicht lange gedauert, bis Till aufgehört hatte, auf Kareems Anrufe und Emails zu antworten.

„Aber es waren doch erst zehn Tage?“, sagte ich.

„Wenn es um Sport gegangen wäre, hätte er nicht mal zehn Minuten gebraucht“, antwortete Kareem.

Er hatte Recht. Till war beschäftigt und arbeitete hart, mit vielen Überstunden. Aber er hatte gesehen, was dort vor sich ging. Er hatte es in beinahe zu vielen Einzelheiten beschrieben: die entsetzlichen hygienischen Verhältnisse, der fehlende Kontakt zur Außenwelt, die respektlose Haltung der Aufseher, die dort arbeiteten. Er erzählte mir von Männern, die vor Langeweile verrückt werden und sich gegenseitig halbtot prügeln, wegen eines Streits über Zigaretten. Oder Frauen, die ihre Schlafsäle nachts nie verlassen, nicht einmal, um auf die Toilette zu gehen, nachdem sie ihre Lektion über dunkle, unbewachte Korridore auf die harte Tour gelernt hatten. Oder Kinder, die während ihrer Unterrichtsstunden ausgelacht werden, aufgrund dessen, wo sie herkommen – und zwar von den Lehrern.

Es stimmt, Till hätte sich zwei Minuten nehmen können, um eine SMS zu senden, um zu sehen, ob es Kareem gut ging. Was mich dazu brachte, an mich zu denken.

„Kareem, alles okay bei dir?"

Er nickte, aber ich war nicht ganz überzeugt. Ich dachte nochmal über unsere kurze Unterhaltung nach, als wir meine Wohnung erreichten. Ich hatte es eilig. Ich musste kochen, dann schnell wieder weg von zuhause, wegen eines Treffens mit Werner.

„Kareem, du und Ama seid Freunde, oder nicht?", hatte ich gefragt, während ich gleichzeitig nach meinen Schlüsseln suchte.

„Mehr als das – hoffe ich wenigstens!", lachte er.

Ich lächelte zustimmend. „Gut!", sagte ich. „Also das bedeutet, wir auch, auch wir sind Freunde!" Ich sah ihn vorsichtig an, als ich das sagte. Er war sensibel genug, um es zu verstehen, ohne dass ich zu tief bohren musste.

„Okay, Sister." Er seufzte. „Nur einmal möchte ich Ama zum Essen einladen. Immer, wenn wir irgendwo hingehen, ist sie diejenige, die bezahlt. Dabei fühle ich mich schlecht – weißt du? Mein Boss verarscht mich immer. Ich weiß, dass er mir das Geld geben wird, aber er lässt mich gerne warten – verstehst du?"

Ich holte meine Handtasche heraus.

„Nein!" Kareem ging mehrere Schritte zurück und hielt seine Arme abwehrend nach vorne. „Nein, Sister, danach habe ich dich nicht gefragt."

„Ich weiß", lächelte ich und hielt ihm fünfzehn Euro entgegen. „Aber ich gebe es dir trotzdem."

Nach einer Reihe von hastigen Protesten einigten wir uns, dass Kareem mir das Geld schulden würde, und mir bei unserer nächsten Begegnung zurückzahlen könnte. Bis dahin würde sein Boss bestimmt gezahlt haben und der Vorteil für mich:

„Es wird gut sein, irgendwo ein paar Ersparnisse zu haben! Es ist eine Win-win-Situation!" Das brachte ihn zum Lachen und ich ging die Treppe zu meiner Wohnung mit einem reinen Gewissen hinauf.

Später, als ich ihr die Geschichte erzählte, würde Ama mir erklären: „So ist das mit Privilegien. Man macht aus einer Mücke einer Elefanten."

Aber vorerst sah sie mich einfach nur an. Ich brauchte eine ganze Weile, bevor mir klar wurde, wie tief ich in meinen Gedanken versunken gewesen war.

*****

Es gib nicht viele schmeichelhaften Adjektive, um Tills Chefin zu beschreiben. Man könnte sagen, sie sei ehrgeizig. Das ist normalerweise ein Kompliment, aber irgendwie, wenn ich an Kathrin denke, nimmt dieses Wort einen unangenehmen Unterton an. Sie erzählte mir einmal stolz die Geschichte, wie sie jemanden wegen seiner Illoyalität gefeuert hatte. Eigentlich war das Wort, das sie benutzte „Verrat", und als mir klar wurde, dass sie keine Scherze machte, ließ ich mein schallendes Gelächter in ein Hüsteln übergehen und zog mein Taschentuch heraus, um meinen Mund zu verbergen. Aber alles, was der arme Kerl getan hatte (es scheint, als stelle sie immer jüngere Männer ein) war, eine Email an einen Arbeitskollegen zu schreiben, in der er eine von Kathrins Entscheidungen kritisierte. Und ja, die Email war nicht für Kathrin bestimmt, also waren die Worte wahrscheinlich nicht wohlüberlegt, aber so wie ich es verstanden habe, war es kein Grund, um seinen Job zu verlieren. Später erfuhr ich, dass

Kathrin es sich zu einer regelmäßigen Gewohnheit machte, einen Tag in der Woche länger im Büro zu bleiben und sich in alle dienstlichen Emailkonten einzuloggen, um nach Beweisen für „Verrat", „Untreue", „Unprofessionalität" oder sonstiges, was sie nicht mochte, zu suchen. „Wenn du loszieht, um nach Dreck zu suchen", sagte ich Till später, „wirst du ihn irgendwann auch finden." Oder, wie der Kaplan in *Mutter Courage* sagte, „Krieg ist wie die Liebe, er findet immer einen Weg." Am Tag bevor Till seinen Job startete, hatte ich ihn zum Büro gefahren, damit er seine Schlüssel, Sicherheitsausweis und so weiter abholen konnte. Ich hatte noch etwa eine halbe Stunde vor meinem Supervisionstreffen mit Werner, also nahm ich Kathrins Einladung, hereinzukommen und einen Kaffee zu trinken, an. Sie sah in natura viel netter aus als auf dem Foto in ihrem Onlinebusinessprofil, aber ich war nicht sicher, ob sie sich geschmeichelt fühlen würde, wenn ich das gesagt hätte. Heute lag ihr glänzendes, geglättetes Haar locker auf ihren Schultern (auf dem Profilbild, war es zu einem streng aussehenden Pferdeschwanz gebunden) und ihr Make-up war dezent im Vergleich zu dem tiefen Schwarz um ihre Augen und den dunklen Rottönen auf ihren Lippen, die ich vorher mit ihr verbunden hatte.

Anders als die meisten Deutschen, beherrschte Kathrin die Kunst des Smalltalks. Sie räumte später ein, dass sie für einige Jahre in den Staaten studiert hatte, daraufhin war ich nicht mehr so überrascht. Obwohl Till den Job bereits bekommen hatte, gab es keinen Zweifel, dass meine Anwesenheit in ihrem Büro ein wichtiger Bestandteil des Einstellungsverfahrens war. Kathrin checkte auch mich ab. Während wir uns also alle zusammen über die Kinder („Zwillinge? Oh wow … wie entzückend!") und Immobilienpreise in Berlin („Ich schaue mich nach einer zweiten Wohnung um, in die ich investieren kann, lass mich wissen, Till, wenn du etwas hörst …") und das Wetter unterhielten („Schockierend, wie kalt es werden kann, nicht wahr?"), umkreisten Kathrin und ich einander in einem virtuellen Boxring, beide auf den Fußballen tänzelnd, beide bereit zuzuschlagen, beide abwartend, dass die andere den ersten Zug machte, um einschätzen zu können, wie stark sie war.

Nachdem die halbe Stunde zu Ende war, dachte ich, ich hätte sie durchschaut. Aber Monate später würde mir klar werden, dass ich falsch lag, und dass heimlich Dienstemails zu lesen das Allermindeste war, was sie bereit war zu tun, wenn sie sich von einem ihrer Mitarbeiter „verraten" fühlte. Kathrin hatte ein ziemlich umfangreiches Netzwerk zur Verfügung – einschließlich eines Privatdetektivs, eines Anwalts und eines guten Kontakts in der hiesigen Polizeidienststelle. Wenn es darauf ankam ihre Rache auszuüben, wusste sie davon Gebrauch zu machen. Das Beängstigende ist, selbst wenn ich vorher gewusst hätte, wie weit Kathrin gehen würde, ich glaube, ich hätte ihr trotzdem den Briefumschlag geschickt …

*****

„Glaubst du, man kann es kaufen?"

„Warum?!"

Die Australierin und ich saßen in dem Café bei der UFA Fabrik und bewunderten mein aktuelles Lieblingsgemälde. Es zeigt eine Frau in einem gelben Kleid, die langsam mit einem älteren Herrn tanzt. Sie sehen vertraut aus. Sie tragen beide Hüte. Und weil ich zufällig erwähne, dass es mir gefällt, erforscht Die Australierin bereits sämtliche legalen Optionen, um mich zur rechtmäßigen Besitzerin zu machen. Bloß, ich will es nicht besitzen.

„Dann kannst du jeden Tag damit aufwachen!"

„Pah!", erwidere ich, klappe mein Buch zu und packe meinen Laptop ein. „Dann wird hier an der Wand eine Lücke sein, wo meine gelbe Dame sein sollte."

Die Australierin lacht, jedoch zaghaft. Sie versucht ihr Bestes, um mich glücklich zu machen, und ich springe nicht darauf an. Tatsächlich benehme ich mich …

granatsplitter (233): „ …

du bist der größte Fehler
meines Lebens …"

vier

… und da seine Arbeit so viel mehr Zeit beanspruchte, trafen sich Ama und Till nicht mehr so oft wie früher. Wenn sie es taten, waren ihre geplanten Verabredungen zum Kaffee oder zufälligen Gespräche an der Straßenecke zusammenhanglos und flüchtig. Das bedauerte ich, da ich immer geglaubt hatte, dass Till und ich die besten Chancen hatten, unsere Schwierigkeiten zu klären, wenn er mit Ama darüber redete.

Später, als ich Ama bereits konfrontiert, und daraufhin jeglichen Kontakt zu ihr abgebrochen hatte, würde ich herausfinden, dass Ama sich in der Zeit tatsächlich ein oder zweimal mit Till zum Abendessen getroffen hatte; dass sie es war, die versucht hatte, Till dazu zu bringen, mir die Wahrheit über seine andere Frau zu sagen, nachdem er sich Ama anvertraut hatte und sie ihm versprechen musste, mir nichts zu sagen. Ich würde auch herausfinden, dass Ama, nachdem sie aufgehört hatte, mit Till zu reden, als sie herausfand, dass er mich verlassen hatte, ihn nur noch ein weiteres Mal kontaktiert hatte. Sie war diejenige, die Till, die Gelegenheit nutzend, eine Email geschickt hatte, um ihn zu meiner Geburtstagsparty einzuladen, in der Hoffnung, dass er und ich wenigstens aufhören würden, uns gegenseitig schmerzhafte Beleidigungen und wilde Drohungen hinsichtlich der Kinder an den Kopf zu werfen. Ich würde herausfinden, dass sie die besten Absichten hatte – aber ich werde ihr trotzdem niemals verzeihen können.

*****

Beth brachte mir schon wieder eine Mitteilung von der Schule, geschrieben von einer wütenden Lehrerin, mit – für die Sammlung.

„Hier“, sagte sie, den Blickkontakt mit mir meidend. Ich hatte bereits beschlossen, dass ich es später lesen würde, aber ich zog trotzdem forschend eine Augenbraue hoch.

„Es ist nur Frau Berg …“, sie gähnte, streckte ihre Arme aus und entblößte dabei ihren Bauchnabel, „ … die sich über mich beschwert – wieder mal. Das Übliche.“

Um ehrlich zu sein, in diesen Momenten, wenn Beth so über allem steht, obwohl sie gerade eine Strafpredigt von einer Lehrerin erhalten hat und höchstwahrscheinlich dasselbe von mir bekommen wird, bedauere ich es, eine Mutter zu sein, mit der Verantwortung, sie „Respekt“ und „Ehrgefühl“ zu „lehren“ und den Unterschied zwischen „richtig“ und „falsch“, die Wichtigkeit von Körperpflege und lauter solcher Ehrenhaftigkeiten. Ich will ihr einfach Fünf geben und etwas sagen, was mit dem Wort „bee-atch!“ endet. Ich bewundere sie sehr für ihre Fähigkeit, mit beiden Händen an ihrem Selbstwertgefühl festzuhalten, während überall um sie herum Leute versuchen, es brutal zu erschüttern. Ich war nie so in diesem Alter.

Wenige Minuten später ließ mich Beth mit meinem Gewissen ringend zurück, denn trotz des ernsten Stirnrunzelns, dass ich ihr gegeben hatte (beabsichtigt als Vorgeschmack auf Dinge, die noch folgen sollten), hatte zweifellos eine Mischung aus Anerkennung und Ehrfurcht in meinen Augen getanzt. Ich bekam mit, wie sie Ash die Geschichte im Flur erzählte – er war stets erpicht darauf, zuzuhören, wenn Geschichten darüber erzählt wurden, wie revolutionäre Kinder Unterdrückung durch bösartige Lehrer überwunden hatten.

Die Geschichte begann mit den Worten: „Oh, den hab ich so gedisst!“ – genauso wie alle großartigen Beth-Geschichten.

„Deniz hat sein NaWi-Projekt heute vorgestellt, er hat ein Monopoly-Spiel gemacht, ja? Und wir haben alle neue Namen für die Straßen vorgeschlagen …“

Von dort, wo ich saß, konnte ich leicht den Ausdruck auf Ashs Gesicht sehen – gebannt. Er grinste ein wenig und starrte zu Beth hoch, als hätte er sich absolut und vollkommen über beide Ohren in sie verliebt. Ich lächelte still in mich hinein und fragte mich, wie Ashs Präsentation gelaufen war und ob er schon mit Till darüber gesprochen hatte.

„... und der blöde Idiot Julius – weißt du, Leas Bruder, ja? – naja, er hat mal wieder so einen dummen Scheißwitz wie immer gemacht. Jemand sagte, dass es drei Straßen geben sollte, mit den Namen ... naja, eine Schwarz, eine Gelb und eine Rot, für die Farben der deutschen Flagge. Also sagt Julius – ‚ja und Bethany sollte in der *Schwarzen Straße* wohnen, weil ...'?"

Beth machte eine kleine nickende Kopfbewegung in Ashs Richtung – eine Geste, die soviel hieß wie „du weißt schon ‚was danach kommt."

Als der Satz, den ich schrieb, schon wieder meinen kognitiven Fängen entwischte, lachte Ash: „Was für ein Blödmann!" Ich nickte in stiller Zustimmung. Mindestens zwanzig Jahre sind vergangen, seitdem ich schulpflichtig war. Anscheinend hat sich nichts verändert.

Beth lachte auch. „Ich habe gesagt", fuhr sie fort, „ich habe gesagt: ‚Ja, und es sollte auch eine *Cracker-Straße* geben, und du würdest dich da ziemlich zuhause fühlen, was?' Er war so stinksauer. Alle haben gelacht und ‚gedisst!' gesagt – es war so witzig. Aber das Witzigste kommt noch. Frau Berg, ja, sie wird total sauer, weil sie glaubt, wir haben Julius ausgelacht weil er fett ist!"

Ash lächelte verunsichert, als Beth zu kichern anfing, aber schließlich gab er zu: „Versteh ich nicht."

Sich die Seiten vor Lachen haltend, machte Beth einen erneuten Versuch, es zu erklären. „Sie hat gehört, wie ich den Cracker-Witz gemacht habe, ja? Und sie dachte, dass ich von Gebäck-Crackern geredet habe – als hätte ich gesagt, er sollte eine Diät machen ..."

In diesem Moment fingen sie beide an, sich zu kugeln vor Lachen und selbst ich konnte es mir nicht verkneifen, in mich hineinzulachen. Vor dem Abendessen würde es keinen Fortschritt mit diesem Kapitel geben. Ich gab würdevoll auf. Werner würde es verstehen.

„Sie weiß nicht, was ein Cracker ist?“, prustete Ash los.

„Sie weiß es nicht!“, johlte Beth zurück.

Gibt es eine passendere Beurteilung über den Zustand interkultureller Kompetenz in deutschen Schulen? An der Stelle beschließe ich, mir erst gar nicht die Mühe zu machen, den Brief überhaupt zu lesen. Till kann sich um Frau Berg kümmern.

*****

Auntie war zutiefst betroffen von meiner Umstellung zur veganen Lebensweise. Ich war zu der Zeit ungefähr 16. Wütend und idealistisch. An dem besagten Morgen hatte ich einen Tag schulfrei, um mich auf eine Prüfung vorzubereiten. Auntie und ich saßen in unserem Garten. Ich erinnere mich, dass es ein ungewöhnlich warmer Tag war, dafür, dass es Frühling war. Wir unterhielten uns über dies und jenes, während Auntie Fisch abschuppte. Und das war der Moment, in dem ich den Entschluss fasste. Auntie konnte an meinem Gesichtsausdruck erkennen, dass ich an dem Abend kein Kenkey, Shito und gebratenen Barsch mit ihr essen würde – obwohl es mein Lieblingsessen war. Sie sagte nicht sehr viel dazu. Aber ich weiß, dass sie fand, dass ich mich veränderte. Rasant. Sie fand, dass ich zu *weiß* wurde – was widersprüchlich ist, weil es gleichzeitig genau das war, was sie wollte. Wir lebten im weißesten Teil von East London und ich besuchte eine Schule, in der ich das einzige Schwarze Mädchen war. Ihre Entscheidung, kein *Ga* mit mir zu sprechen, war ein wohlüberlegter Bestandteil des weißen englischen Assimilationsprogramms. Aber Essen, so scheint es wohl, ist etwas gänzlich anderes.

Sie wollte wissen, warum. Ich glaube, meine Entscheidung, nicht darüber ins Detail zu gehen, wie genau Fische leiden bevor sie sterben, war klug. Stattdessen erzählte ich ihr, dass ich darüber gebetet hatte, was nicht ganz unrichtig war. Ich *hatte* tief in meinem Gewissen gewühlt und meine Augen waren zu dem Zeitpunkt geschlossen gewesen. Wie dem auch sei, die Hauptsache war, dass es ein Grund war, den Auntie akzeptieren konnte. Sie schaute lange auf den Fischkopf in ihrer Hand, dann zurück zu mir.

„Und was *wirst* du essen?"

Sie kam gut damit klar, in Anbetracht aller Tatsachen. Sie ließ sich wunderbare ghanaische Gerichte, die kein Fleisch oder Fisch beinhalteten, einfallen. Bis heute ist Aunties scharfe Okro- und Pilzsuppe mit Fufu unschlagbar. Ich beschloss, anfangs nicht das Kleingedruckte auf den Maggiwürfeln, die sie benutzte, zu lesen. Nur, um sie langsam daran zu gewöhnen. Aber am Ende überredete ich sie, auch diese nicht mehr zu verwenden. Meine Eltern hatten eine komplett andere Einstellung zur veganen Ernährungsweise. Sie verstanden es nicht und sie gingen nicht darauf ein. Ich aß ohnehin nicht oft bei ihnen. Aber manchmal war es unvermeidlich, und zu solchen Anlässen war es viel leichter, einfach zu essen, was mir gegeben wurde, und mich danach zu übergeben, als sie davon zu überzeugen, dass ich nicht krank oder dumm war.

Metaphorisch gesagt, hielt Auntie den Atem an, bis Beth und Ash anfingen, feste Nahrung zu essen. Ursprünglich hatte ich sie beide auch vegan großziehen wollen, aber sie waren die fleischliebendsten Babys, die du je gesehen hast – daraus wäre nichts geworden. Mein Essen war eindeutig viel uninteressanter als Tills – sie steuerten jedes Mal auf seinen Teller zu. Auntie war erleichtert, dass die Kinder – selbst in ihren jungen Jahren – vernünftig waren. Ich zuckte meine Achseln.

„Sie werden es schon noch lernen", erwiderte ich ruhig, in meine Karotte beißend. Aber sie taten es nicht.

Es gab eine Phase, in der Beth, Ash und ich jeden Abend riesige Streits hatten über die gesunde und nahrhafte milch-, fisch- und fleischfreie Mahlzeit, die ich gerade gekocht hatte. Warum auch Nussbraten mit Ofenkartoffeln essen, wenn man um die Ecke zwei Lahmacun kaufen konnte und am Ende sogar noch das Wechselgeld behalten durfte, das von den 5 Euro übrigblieb? Irgendwann hörte ich aus Empörung auf, für sie zu kochen. Till übernahm die Küche.

Auntie weh zu tun, war jedoch eine unvorhergesehene Konsequenz. Für sie war Fleisch das Allerbeste, was sie mir bieten konnte. Es war nahrhaft und teuer. Es muss die Erfüllung eines Traums für Auntie gewesen sein, mir jeden Tag eine Mahlzeit mit Fleisch vorsetzen zu können. Und da war ich also und kehrte dem Ganzen meinen Rücken zu. Auntie nahm meine Zurückweisung ihrer Kochkünste auf wie eine direkte Zurückweisung ihrer selbst – ich habe noch immer nicht die Worte gefunden, um ihr zu sagen, dass das nicht so ist.

Till lächelte teilnahmsvoll und legte seinen Arm um meine Schulter, als ich ihm all dies erzählte. Er sagte, er würde mich verstehen. Und ich konnte mir nicht vorstellen wie; bis er mir in wenigen Worten erzählte, wie ihm eine ähnliche Erkenntnis gekommen war, als er das erste Mal direkt mit angesehen hatte, wie Ash eine rassistische Erfahrung machte. Er beschrieb, wie machtlos er sich gefühlt hatte. Wie er einfach mit seinem Sohn geweint hatte und ihn in den Arm genommen hatte. Die Jungs waren schon zu weit weg, als Till bemerkte, was soeben passiert war, und Ash brauchte Till nun mal, um ihm genau hier und jetzt den Speichel vom Gesicht zu wischen.

Till erklärte, sich in mich zu verlieben, sei ein simpler, naiver Akt mit gewaltigen unvorhergesehen Konsequenzen gewesen. Wir waren ein Weile lang still. Dann drehte er meinen Kopf mit einer Hand zu sich, sah mir direkt in die Augen und sagte:

„Aber ich würde nichts ändern. Nicht das Geringste."

Er küsste mich auf die Stirn. Ich schloss meine Augen und fühlte mich geborgen.

*****

Alles ist vorbereitet. Das ist es schon seit dem frühen Nachmittag. Ich habe meinen Freunden gesagt, ab drei Uhr nachmittags zu kommen, weil ich wußte, dass einige von ihnen entweder ihre Kinder mitbringen und früh gehen oder später zu viel cooleren Clubs weiterziehen und deshalb früh gehen wollen würden. Keines meiner Kinder ist hier. Beth weigerte sich rundheraus, als ich sie fragte, und lud sich selbst stattdessen – in Windeseile – zu einer Freundin nach Hause ein. Ash war traurig über Beths Absage und überlegte dazubleiben, aber beschloss am Ende, dass es langweilig ohne sie sein würde, und entschied sich stattdessen, Janik zu besuchen. Ich trage mein neues Kleid und bin im Stillen zuversichtlich, dass es mir gelingen wird, Till zu vergessen – wenigstens für eine Nacht. Mein DJ hatte im letzten Moment abgesagt; glücklicherweise erklärte sich jedoch Die Australierin bereit, die Musik für mich zu machen; also weise ich auf die Käsestangen hin, rühre den Avocadodip um, reiche das Popcorn weiter, schenke noch ein Glas Prosecco ein (oh, diesmal mit Orangensaft?) und bekräftige, dass sie umwerfend aussieht / sein neues Hemd fabelhaft ist und / oder die Musik großartig ist. Jeder Gast besteht darauf, mit mir anzustoßen, als sie bei der Party eintreffen, also …

granatsplitter (283): „ ... also.

alle anderen, mit denen ich

spreche, denken ... „

drei

… in meinen Traum schwebend. Ich verstand anfangs einfach nicht, was sie sagte, und murmelte irgendetwas als Antwort.

„Mum“, wiederholte sie eindringlicher. „Alles in Ordnung mit dir?“

Ich öffnete meine Augen und sah Beth direkt über mir, herabblickend, offensichtlich verwundert, dass ich auf dem Boden lag. Ich setzte mich schnell auf und strich mir mit meiner linken Hand durchs Gesicht, aber ich konnte mich nirgendwo verstecken – sie konnte sehen, dass ich vor dem Einschlafen geweint hatte.

„Mir gehts gut“, sagte ich und hüstelte. „Ich hatte Kopfschmerzen. Sie sind jetzt weg.“

Beth sah mich skeptisch an, aber verfolgte diese Kette von Fragen nicht weiter. Ich setzte mich neben sie auf mein Bett und realisierte, dass wir seit mehreren Monaten nicht so zusammen alleine gewesen waren. Bestimmt war das letzte Mal vor über einem Jahr. Ich war froh, dass sie in mein Zimmer gekommen war, aber darauf bedacht, diesen sensiblen Moment nicht zu zerstören, indem ich zu zufrieden aussah.

„Ich habe morgen eine Präsentation“, sagte sie, ihren Kopf kratzend, was mich nervös machte, da es kürzlich einen Kopflausbefall in ihrer Klasse gegeben hatte und es nicht witzig ist, Afrohaare zu entlausen. „Ich muss ihnen alles über meinen Namen erzählen.“

„Über deinen Namen …“ wiederhole ich, nickend, während ich gleichzeitig im Kopf durchrechnete, wie lange ich es mir erlauben könnte, an Beths Hausaufgaben zu arbeiten, bevor ich mich dringend meinen eigenen widmen musste.

„Ja, wie viele Namen ich habe, was sie alle bedeuten, warum sie ausgewählt wurden und von wem …", Beths Stimme brach ab. Sie wusste, dass ich geplant hatte, den Abend damit zu verbringen, wie eine Wahnsinnige zu schreiben. Sie bat mich ohnehin selten um Hilfe, und besonders unter diesen Umständen wäre es überhaupt kein Problem für sie gewesen, einfach morgen zur Schule zu gehen, ohne ihre Hausaufgaben fertig zu haben. Zum Glück war ich wach genug, um die Chance zu erkennen, die sie mir gab.

„Lass mich raten", sagte ich lächelnd. „Neuer SoWi-Lehrer?"

„Du hast es …", Beth lächelte zurück. Beth lächelte mich an! Innerlich machte ich einen Freudentanz.

Ich lud Beth ein, mir in der Küche Gesellschaft zu leisten, wo ich ihr eine heiße Schokolade mit Sprühsahne und Marshmallows machte, genauso, wie sie es immer liebte. Ich erzählte ihr alles darüber, wie Till und ich den Namen „Bethany" ausgewählt hatten, dass sowohl ihrer, als auch Ashs Name aus der Bibel kamen. Ich hörte zum ersten Mal, wie zufrieden sie war, dass sie auch nach Auntie benannt worden war, und wie sie es hasste, wenn die Leute ihren zweiten Namen zu „Pat" abkürzten. Wir lachten, bis die Tränen uns die Wangen herunter rollten, als Beth mir erzählte, wie entsetzt sie war, als sie das erste Mal Ashs zweiten Namen hörte. Ich versuchte, mich jeglicher Verantwortung zu entziehen. Till hatte seinem Großvater Heinrich die Ehre erweisen wollen, einem deutschen Kommunisten, welcher in Nazideutschland festgenommen und ermordet worden war.

„Ja, wie auch immer", hatte Beth geantwortet. „Aber ihr hättet ihn anglisieren können. Oder … *seinen* zweiten Namen nehmen können … oder irgendwas!" Sie schüttelte ihren Kopf empört. „Heinrich! Ich meine … was habt ihr euch dabei gedacht?"

Ash und Beths dritte Namen kamen von den *Ga* aus Accra, genaugenommen dem *Amatsewe* Clan. Ich erklärte Beth, wie ich alles darüber im Internet herausgefunden hatte, weil Auntie im ländlichen Ghana unterwegs gewesen war, als die

Zwillinge geboren wurden. Ich konnte sie nicht erreichen, um ihren Rat einzuholen. Die Namen sind für das erstgeborene Mädchen und den erstgeborenen Jungen in der Familie. Nur zwei Monate nach der Namensgebungszeremonie, als Auntie uns das erste Mal besuchen kam, fand ich heraus, dass ich die Falschen ausgesucht hatte.

„Zwillingsnamen“, hatte Auntie behutsam erklärt, „sind immer dieselben, egal bei welchem Clan. Der Junge wird *Oko* genannt und das Mädchen *Akweley*.“ Ich erklärte Beth, dass weder Auntie noch ich es für nötig hielten, uns zu fragen, warum mein Dad mich nicht selbst darauf hingewiesen hatte.

„Ich verstehe“, Beth nickte nachdenklich und kaute an ihrem Bleistift.

„Und du, Mum? Was bedeutet dein Name?“

Ich dachte zurück an ähnliche Hausaufgaben, die ich aufbekommen hatte. Ich sitze im Klassenraum, die Augen von denen hinter mir verbrennen meinen Nacken, die Augen von denen neben mir durchbohren meine Wangen, die Augen von denen vor mir scannen meinen Gesichtsausdruck nach Authentizität: „Was ist ihr afrikanischer Name? Und bedeutet er auf Englisch übersetzt: ‚das wertvollste Vieh, welches in der Savanne grast‘?“

Ich dachte daran zurück, wie sehr ich meine Lehrer hasste in solchen Momenten. Für jedes Mal, dass sie mich alldem aussetzten. Für jedes Mal, dass ich die weißen Freunde enttäuschte, indem ich nicht exotisch genug war, und die Schwarzen Freunde, indem ich nicht afrozentrisch genug war.

„Ehrlich gesagt, ich weiß es nicht“, seufzte ich, meine Augen reibend. „Damals sah meine Mum viel fern.“

Beth zog ihre Augenbrauen hoch. Ich lehnte mich zur Seite und blinzelte. „Ich glaube, ich wurde nach einer amerikanischen Schauspielerin benannt. Frag Grandma.“

*****

Es gibt da ein Wort – „klandestin“. Es gefällt mir so sehr. Aber ich weiß nicht wirklich, was es bedeutet. Aufgrund des Gefühls, das ich bekomme, wenn es sich träge in meinem Mund umherwälzt (ich muss meine Sprache etwas verlangsamen, um die drei Silben in einer halbwegs vernünftigen Reihenfolge herauszubekommen), nehme ich an, dass es das perfekte Adjektiv ist, um mein Verhalten an diesem Morgen zu beschreiben.

Der Tag ist jung. Kalt und frisch. Eine Atemwolke hängt an meinen Lippen, jedes Mal wenn ich ausatme. Meine Nase und Fingerspitzen kribbeln. Ich fühle mich bestraft, obwohl ich nichts verbrochen habe … noch nicht. Während ich das klandestine Fotoshooting ausführe, sind meine beiden Objekte herrlich nichtsahnend, dass … eigentlich sind sie einfach nur herrlich nichtsahnend. Sie halten Händchen und lachen sorglos.

Ich sah sie zufällig, als ich die Apotheke verließ. Da waren sie, vollkommen offensichtlich für jeden auf der Bergmannstrasse. So eine Schamlosigkeit.

Als ich sie weiter beobachtete – aus einer angemessen respektvollen und unaufdringlichen Entfernung natürlich –, wurde mir klar, dass ich eine Szene beobachtete, die sich bereits abgespielt hatte. Ich hatte lediglich Zugang zu den Wiederholungen, den überarbeiteten Highlights, den Déjà-vus, den „rewind ma selector and come again!“-Momenten. Sie hielten Händchen. Das Blut gefror mir in den Adern. Aber als er ihre Hand küsste, begann meine eigene Hand zu kribbeln. Nicht buchstäblich. Aber mein Körper vermisste seine warmen Lippen. Und meine Hand reagierte. Dort, wo seine Zärtlichkeit hätte sein müssen, war eine leichte Delle. Meine Hand kribbelte und Sekunden später hielt sie eine Kamera. So kam es dazu. Es ist Tills eigene Schuld.

Ich glaube nicht, dass irgendjemand sich darüber wundert, dass ich in der Nähe der Ecke Zossenerstraße und Bergmannstraße stehe und Fotos von einer winterlichen Straßenszene mache. Ich achte darauf, den Blickwinkel nach jedem Klicken ein wenig zu verändern. Es ist anzunehmen, dass niemand mir die geringste Beachtung schenken würde, wenn es mir nur gelingen würde, normal ein- und auszuatmen.

Hart.

Das ist ein weiteres gutes Wort (ich habe viele davon), um eine Reihe von Dingen zu beschreiben, unter anderem – in keiner bestimmten Reihenfolge – mein Leben, sehr alte Tofuwürstchen, mein Leben, Beths letzte Mathearbeit, mein Leben, während eines von Werners Kolloquien wach zu bleiben, mein Leben, Ashs Chancen, ein Praktikum in einer Anwaltskanzlei zu bekommen, mein Leben, zuzusehen, wie Tills Lippen die Hand einer anderen Frau berühren, mein Leben.

Ich bemühe mich, mein Herz davon abzuhalten, aus meinem Mund herauszuspringen, und die Kamera macht klick … klick … klick … Und ich darf die allgemeine winterliche Straßenszene nicht vergessen. Liegengebliebene Weihnachtsbäume. Gefrorene Hundescheiße. Die unbeachteten Obdachlosen. Mein Nachbar will mich anscheinend grüßen, aber jetzt hört er mein Atmen und beschließt, dass er mir damit zu nahe treten würde. Er läuft weiter – die Entfernung ist so, dass man einfach so tun kann, als hätte man sich nicht gesehen. Und während der eine nach Hause läuft und von starkem Kaffee träumt, bleibt die andere an der Straßenecke und wundert sich: Warum hat er sie hierher gebracht? Gibt es in einer Stadt wie Berlin nicht Millionen von Orten, um sich mit einer Liebhaberin zu treffen?

Klick. Klick. Klick.

Und überhaupt, sollte Till nicht eigentlich gerade bei der Arbeit sein?

Klick. Klick. Klick.

Und nun wandern meine Gedanken zu Kathrin. Und nun denke ich an sie und die Fotos. Kathrin und die Fotos. Kathrin. Fotos. Kathrin …

Klick. Klick. Klick.

Ich mag diese Frau nicht. Aber nun sehe ich mir die eingefangenen Bilder an, während ich davongehe, und sie schießt mir durch den Kopf. Sie kann mir jetzt helfen.

Ich brauche nur fünf Minuten, um in dem kleinen Laden direkt hinter der Marheineke Markthalle zu besorgen, was ich brauche. Es ist ein Laden, der Windeln und Shampoo und Kondome verkauft. Außerdem verkauft er Rache in verschiedenen Formen: „belastende fotografische Beweise" oder „digitale Bilder, die beweisen, dass Till seine Chefin damit belogen hat, heute krank zu sein". Irgendwie besiegelt die Tatsache, die Fotos zu sehen, sie in meinen Händen zu halten, unsere Trennung so, wie nichts anderes es getan hat. Weder der Ehering, den ich Till hinterhergeworfen habe, als ich ihn angebrüllt habe, er solle verschwinden und nie wiederkommen, noch die Fotorahmen, die jetzt zerschlagen und zerbrochen im Mülleimer liegen, noch die zerrissenen Liebesbriefe, Briefe, die ich seit dem Tag, als Till und ich uns kennenlernten, aufbewahrt hatte. Gestern zerbrach er mich und ich dachte, ich wäre über das Gröbste hinweg. Heute wird mir klar, dass dies nur der Anfang ist.

Ich zahle für die Fotos und summe leise vor mich hin, während ich auf das Wechselgeld warte, um nicht in Tränen auszubrechen. Das will ich auf gar keinen Fall. Nicht hier. Ich darf mir von der Kassiererin einen Briefumschlag ausleihen. Sie wirft mir einen wissenden Blick zu, als sie mir sagt, dass ich nicht dafür bezahlen muss. Ich lächle zurück – mein Hals ist zu eng, um ihr mehr zu geben. Sie scheint Verständnis zu haben.

Jetzt sitze ich auf meinem Fahrrad und schlängle mich zwischen den Autos durch. Es ist gefährlich, was ich da tue, aber ich bin auf einer Mission. Die Autofahrer können auf sich selbst aufpassen. Fast erwischt mich ein Taxifahrer, der seine Tür öffnet, genau als ich vorbei rase. Wir werfen uns gegenseitig Flüche an den Kopf. Ich fühle mich viel besser, als der Ärger durch meinen Körper strömt, meine Beine antreibt und meinen Mittelfinger anhebt. Mir gelingt es, die gesamte Strecke zwischen Kreuzberg und Mitte in weniger als fünfzehn Minuten zurückzulegen.

Kathrins Agentur ist im zweiten Stock eines Bürogebäudes. Sie wird mich nicht sehen. Ich verschließe den Umschlag und werfe ihn in ihren Briefkasten. Die Tat kann nun nicht rückgängig gemacht werden.

Jetzt fahre ich zurück nach Hause. Ich verdränge die Auswirkungen meiner Handlungen aus meinen Gedanken. Wie Kathrin auf den Umschlag reagieren wird, ist nicht mein Problem. Und wenn Till seinen Job verliert – umso besser. Ich versuche an andere Dinge zu denken – wann Auntie zum Flughafen gehen wird, oder ob Ash heute nach der Schule Janik besuchen wird – und ich erinnere mich –, dass nächste Woche mein Geburtstag ist. Gestern dachte ich, ich würde untertauchen müssen. Heute denke ich: Ich werde feiern. Scheiß auf Till.

*****

Die Leute glauben nicht, wenn ich ihnen sage, dass ich genau bis zu dem Moment, als Beth sich offenbarte, nicht wusste, dass ich Zwillinge bekommen würde. Wohingegen diejenigen von uns, die eine Schwangerschaft auf Achse erlebt haben – zum Beispiel, weil sie das Leben in einem stetigen Hin und Her zwischen zwei Städten leben – sie werden wissen, wie einfach es ist, hin und wieder einen Schwangerschaftsvorsorgetermin zu verpassen – oder auch fünf. Insbesondere, wenn diese zwei Städte sehr weit voneinander entfernt liegen – in zwei verschiedenen Ländern, zum Beispiel. Und insbesondere, wenn die Schwangerschaft einer engen Freundin so sehr von Fehlstarts, Fehldiagnosen und unerwünschten Einmischungen geplagt worden war, dass es bleibende Spuren und ein vages Gefühl bei einem hinterließ, dass es vielleicht besser wäre, in ein Dorf irgendwo am Stadtrand von Accra zu fliegen, um unter einer Kokospalme zu entbinden, mit nichts als einem Gebet auf den Lippen und einer Kalebasse voll heißem Wasser. Es kam mir tatsächlich so vor, als würde das ständige ultra-pieksen, ultra-stechen und ultra-schallen nicht wirklich zu einem echten Vorteil für mich oder mein ungeborenes Baby führen. Das, so stellt sich heraus, war in der Tat dumm. Weil ich nicht mit Beth gerechnet habe.

Ich kann sie mir jetzt vorstellen, wie sie sich in meiner Gebärmutter hinter Ash versteckt, nachdem sie ihn überredet hat, dass sie beide all uns Idioten da draußen einen Streich spielen sollten. Es war eine äußerst überraschendes Erlebnis für mich, in die wunderschönen Augen meines neugeborenen Sohnes zu schauen, während ich den Drang, nochmal zu pressen, verspüre, nur um ein paar Herzschläge später zu hören:

„OH NEIN! Jesus Christus! - da ist noch ein Kopf!"

Ich weiß nicht, was sich meine Mutter dabei dachte, als sie das sagte. Es erschrak mich wahnsinnig, kann ich dir sagen. Aber wie es aussieht, war der Kopf *doch* an einem Körper befestigt. Sekunden später blickte ich hinunter zum Anblick beider Babys in meinen Armen und fragte mich, was ich bloß getan hatte, um das zu verdienen. Wenn es möglich ist, das zur exakt gleichen Zeit sowohl positiv als auch negativ zu meinen, dann ist das sicherlich eine ausgezeichnete Beschreibung davon, wie ich mich in meinem Krankenhausbett liegend fühlte, umgeben von einem Haufen Eindringlinge. Till war auch da. Er strahlte so viel Freude und Dankbarkeit aus; es brachte sogar die abgebrühte diensthabende Ärztin dazu, ihre Mundwinkel nach oben zu ziehen. Irgendwie waren seine Glückseligkeit, meine Verwirrung, das Gewicht der beiden neugeborenen Zwillinge – alles mehr als ich ertragen konnte. Was sich vielleicht merkwürdig anhört, aber um ausreichend zu beschreiben, wie schwer die Zwillinge waren, müsste ich diejenigen, die bereit sind aufmerksam und verständnisvoll zuzuhören – aber bitte, ohne Mitleid –, zu den verworrenen Winkeln meiner Gedankenwelt führen. Die Winkel, die vorher verschlossen und verdeckt wurden, zum Zwecke der Selbsterhaltung und mit dem Verdacht, dass es niemanden wirklich interessiert.

Dort!

Siehst du den Winkel?

Es ist der vergoldete Rand meines fünften Geburtstages. Greife einfach danach und ziehe ihn sanft zu dir.

Am Abend zuvor war ich so aufgeregt gewesen – ich hüpfte umher und sang ein Lied, dass ich gerade in meiner neuen Vorschule gelernt hatte. Es war, als hätte ich einen Sprung in der Platte. Ich war ekstatisch, aber es hatte meine Mutter wahnsinnig gemacht. Sie hatte gedroht, meinen Geburtstagskuchen zu zerstückeln. Woher sollte ich wissen, dass sie keine Scherze machte? Heute, aus einer sicheren Entfernung, kann ich mich selbst sehen: ein fünfjähriges Schwarzes Mädchen, das verzweifelt weint und ihre Mutter anfleht, ihr zu vergeben, obwohl es bereits viel zu spät ist. Das Massaker hatte bereits stattgefunden und es gab keine Geschenke. Im Haus meiner Eltern war die Tatsache, dass Geburtstage überhaupt berücksichtigt wurden, bereits ein gewaltiger Kompromiss. Mein Vater hatte normalerweise andere Dinge im Kopf. Meine Mutter hatte normalerweise die Zeugen Jehovas in ihrem (sie war selbst keine, aber fand den Aspekt des Nichtfeierns von Geburtstagen in deren Glauben sehr interessant). Und so, am frühen Morgen meines fünften Geburtstages, weinte das kleine Schwarze Mädchen untröstlich, und sie wusste, dass es weder die fehlenden Geschenken waren, die sie verletzten, noch die Reste des pinken Prinzessinnen-Geburtstagskuchens, den sie so sehr geliebt hatte. Es war die Gleichgültigkeit. Ihre

Mutter nahm sie nicht in den Arm, egal, wie viele Male das kleine Mädchen sie anflehte:

„Mummy, es tut mir leid …“

Der Blick, den mir meine Mutter in dem Moment zuwarf, ist eine meiner frühesten Erinnerungen. Und als ich zu meinen neugeborenen Zwillingen hinunter sah, wusste ich, dass mein Gesichtsausdruck irgendwie genauso war. Das Baby zu meiner Linken hatte seine Augen geschlossen, möglicherweise, um sich zu schützen, möglicherweise, um vorzugeben, er hätte es nicht bemerkt, möglicherweise, um sich darauf vorzubereiten, ein Leben lang zu versuchen, ein wenig mütterliche Zärtlichkeit aus mir herauszubekommen. Das Baby zu meiner Rechten starrte mir direkt entgegen. Direkt. Mit ihr war nicht zu spaßen. Ich hatte meine Nemesis getroffen.

*****

Zufälligerweise, als sie noch ihr Referendariat abschloss, hatte Ama für sechs Monate eine Stelle an der Schule von Beth und Ash. Es lief so gut, dass Ama dort eine feste Stelle angeboten bekam, sobald sie ihr Staatsexamen beendet hatte. Keines meiner Kinder war begeistert, in Anbetracht der Tatsache, dass Amas Loyalität überhaupt gar nicht auf die Probe gestellt wurde – sie berichtete mir alles ohne zu zögern. Manchmal täglich.

Und zu der Zeit, als Till noch an der Universität war, traf er sich etwa einmal in der Woche mit Ama. Meistens holte er sie nach der Arbeit von der Schule ab und sie fuhren in ein nahegelegenes Café oder gingen gelegentlich am Kanal spazieren. Und sogar nachdem er seinen Abschluss absolviert hatte und selbst anfing, Vollzeit zu arbeiten, verabredeten Ama und er sich immer noch regelmäßig. Meistens ging er zu ihr nach Hause, aber manchmal kam sie uns an Wochenenden besuchen und brachte einen köstlichen selbstgebackenen Kuchen oder einen Wein und Obst mit. Wir drei saßen und redeten stundenlang, außer wenn ich in der Woche besonders unproduktiv gewesen war; in diesem Fall zog ich mich nach einiger Zeit widerwillig in mein Zimmer zurück und widmete mich meiner Doktorarbeit.

Ich war sehr froh, dass sie sich so oft trafen, weil ich das Gefühl hatte, dass Till keine anderen vernünftigen Freunde hatte – er hatte seine Saufkumpanen, mit denen er manchmal Fußball guckte, aber das war es auch schon. Ama war jemand, mit der er wirklich reden konnte. Da Till sich von mir zurückzog …

granatsplitter (353): „... sie ist eine **bessere** Mutter als **du** es je sein wirst ...“

zwei

… höflich. So wurde ich erzogen.

*****

Die Australierin und ich hatten gerade das Korrekturlesen unseres gemeinsamen Artikels abgeschlossen, und ich war dankbar für ihre Geduld, aber brauchte wirklich dringend meinen Freiraum, bevor die Kinder nach Hause kamen. Es ist nicht so einfach, den Übergang hinzubekommen, von „Abhandlung des Dilemmas zwischen sozialer Entfremdung und Selbstentfremdung – Ein Vergleich zwischen Frisch und Dürrenmatt“ zu einer Diskussion mit Ash und Beth darüber, ob wir heute Abend „Malcolm X“ oder „Das A-Team“ auf DVD anschauen würden. Ich brauchte wirklich ein kleines bisschen *Zeit für mich*. Aber ich bot Der Australierin trotzdem ein weiteres Getränk an, obwohl ich wusste, dass berliner Gastgeber solche Dinge nicht tun, wenn sie wirklich wollen, dass ihre Gäste gehen. Und berliner Gäste sagen nicht „nein danke“, wenn sie eigentlich meinen „ja, ich würde liebend gerne bleiben und noch etwas trinken – obwohl du so aussiehst, als ob du etwas anderes zu tun hättest“.

Ich denke – so sehr ich es hier auch liebe –, ich werde mich niemals an diese Stadt gewöhnen.

Berlin ist ein Ort, wo die Leute in Restaurants gehen und draußen sitzen, mitten im tiefsten Winter. Wenn ihnen klar wird, dass es selbst für sie zu kalt ist, um diesen Blödsinn sehr viel länger durchzuziehen, gehen sie etwa hinein? Keineswegs. Sie bitten die Kellnerin, ihnen eine Decke zu bringen. Viele Restaurants in dieser ansonsten extrem umweltfreundlichen Stadt investieren sogar in wahnsinnig teure Heizpilze. Seltsam.

Berlin ist ein Ort, wo alles geht und du anziehen kannst, was auch immer du willst, aber wenn du eine Schwarze Frau in der U-Bahn bist, sei darauf vorbereitet, sehr *sehr* langsam von oben bis unten gemustert zu werden. Ich kann dir nicht sagen, wie oft ich vor Schreck an mir herabgeschaut habe in solchen Momenten, um zu prüfen, ob meine Jeans offen waren, oder ob mein Kleid in meiner Unterhose eingeklemmt war. Weiße Menschen sehen mich manchmal so an, als wäre ich ihre eigene private Völkerschau. Zurückstarren hilft nicht. Es zählt als Teil der Unterhaltung. Wo sonst kann ein Tourist dich dazu bringen, dich zu fühlen, als wärst du – die Einwohnerin – im Grunde genommen diejenige, die nicht hierher gehört? Willkommen im berliner Bezirk Kreuzberg.

Berlin ist auch der Ort, der uns Knut, den süßen Eisbären, gegeben hat. Verlassen von seiner Mutter und großgezogen von einem menschlichen Stiefvater, zwang Knuts vorzeitiger Tod die Stadt in die Knie – sogar während sie in ihre Currywürste und Döner Kebabs schluchzten, flehten Kinder ihre Eltern an, ihnen ein Knut-Stofftier zu kaufen.

„Idioten!", lachte ich verächtlich, als ich die Zeitungen damals las. Nur süße kleine berühmte Tiere, so scheint es, verdienen es, vermarktet zu werden, empfangen hunderte von Besuchern während ihres Lebens, und Kondolenzbriefe, inklusive eines vom Bürgermeister Berlins, zu ihrem Tod.

Und Berlin ist die Stadt, die „customer service" nicht nur für einen ausländischen Ausdruck, sondern für ein komplett fremdes Konzept hält. Ich habe mich mit einer Telefonauskunftsmitarbeiterin gestritten, weil sie es unverschämt fand, wie ich von ihr erwarten konnte, dass sie mein *kanakendeutsch* versteht; ich bin von einer Busfahrerin angeschrien worden, weil ich hatte rennen müssen, um sie einzuholen, offensichtlich, ohne die Weitsicht gehabt zu haben, pünktlich an der Bushaltestelle zu sein; ich bin von einem Taxifahrer zurechtgewiesen worden, weil er kein Wechselgeld für fünfzig Euro hatte und nicht verstand, wieso es seine Aufgabe sein sollte, es zu besorgen; mir wurden böse Blicke von Kellnern zugeworfen, weil ich bereits nach dreißig Minuten Aufenthalt in einem fast leeren Restaurant gewagt habe, zu fragen, wie viel länger das Essen noch brauchen würde.

Es ist so schlimm hier, sie machen ihr Laster zur Tugend und nennen es liebevoll die *Berliner Schnauze*. Das restliche Deutschland sieht es empört mit an und das restliche Europa zieht in Erwägung, ob ein Mindeststandard für Kundenbetreuung nicht Teil eines grundlegenden Kriteriums für den Eintritt in die (und Erhaltung der Mitgliedschaft in der) EU werden sollte.

In ihrer wirklich anstrengenden, „den-Wink-mit-dem-Zaunpfahl-nicht-verstehenden" Art passt Die Australierin perfekt nach Berlin, und ich muss immer noch eine Menge lernen. Somit, in unserer gemeinsamen Unwissenheit, saßen wir da und tranken noch einen Kaffee zusammen, bis die Kinder nach Hause kamen.

Beth lächelte und begrüßte Die Australierin herzlich, aber als Ash sie sah, fiel er ihr praktisch in die Arme. Seitdem Janik umgezogen war, um bei seinem Vater zu leben, verbrachten Ash und Janik kaum noch Zeit miteinander, demnach sah Ash Die Australierin selten – obwohl sie ihm praktisch eine zweite Mutter gewesen war. Es scheint, als hatte ich die Auswirkung, die Janiks Umzug auf ihn – oder auf sie – haben würde, unterschätzt. Ich hatte nicht vorhergesehen, wie die kindergroße Lücke, die in das Leben Der Australierin gerissen worden war, niemals gefüllt werden würde, selbst wenn sie all meine Hausarbeiten machen würde, stündlich mit mir Kaffee trinken würde und Ash solange umarmen würde, bis selbst er es nicht mehr aushalten konnte. In diesem Moment begriff ich endlich, warum, seitdem Till sich von mir entfernt hatte, Die Australierin sich an meiner Not und meinem Schmerz festgehalten hatte und sie zu ihren eigenen gemacht hatte. Und ich realisierte außerdem zum ersten Mal, wie zutiefst dankbar ich eigentlich dafür war.

*****

Ich habe gerade eben erst registriert, dass die Wasseruhr im Europa-Center gestern kaputtgegangen ist – dem gleichen Tag, an dem Till mich verlassen hat. Es war überall in den Nachrichten – unerklärlicherweise –, ähnlich wie das Plagiat des Mannes mit dem langen Namen es zu seiner Zeit gewesen war. Entrüstete Senioren werden im Radio interviewt; Journalisten umtänzeln Politiker im Fernsehen. Während Ama und ich laufen, sehe ich Zeitungsschlagzeilen. Es ist nicht so offensichtlich für mich, was Berliner an dieser verdammten Uhr so sehr lieben. Ich bin froh, dass sie kaputt ist. Ja, ja, die Symbolik. Aber Ost und West sind jetzt wieder vereint, oder etwa nicht? Die Trennung war in der Tat lang, aber dennoch nur temporär – mein Ehemann hingegen hat mich endgültig verlassen. Ich kann nicht essen.

Heute Morgen lag Ash neben mir und hielt meine Hand beinahe vier Stunden, bevor er einnässte. Aber eigentlich war es für uns beide gut, endlich aufzustehen. Ich machte ihm ein Brot mit Zucker, er machte mir eine Tasse Pfefferminztee. Auntie versuchte sich einzumischen, sie sagte Ash, dass er kein Baby mehr sei, und dass es teuer sei, all diese Wäsche zu machen, ganz zu schweigen von der Wasserverschwendung, und dass Jesus keine Jungs mochte, die sich einnässten, und wann würde er endlich lernen zur Toilette zu gehen, wie alle anderen Kinder seines Alters? Ash sah sie mit tränenerfüllten Augen an. Ich wußte nicht, was ich zu der Frau sagen sollte – ich nahm einfach die Hand meines Babys, und wir gingen leise zusammen in mein Zimmer zurück. Nachdem ich die Tür hinter uns geschlossen hatte, umarmten wir uns und weinten …

Vor einer halben Stunde traf Ama ein, um mich zu einem Spaziergang im Viktoriapark mitzunehmen. Es war schwierig für mich, Ash bei Auntie zurückzulassen. Er flehte mich an, ihn mitzunehmen, aber ich konnte einfach nicht. Ich fühlte mich so schuldig, als ich die Wohnung verließ, und das Bild von ihm, weinend, während Auntie ihn festhält, verfolgt mich, aber ich muss so dringend mit jemandem sprechen, der mich hören kann.

Ich denke oft, dass Ama eine Stimme hat, die vollkommen aus Seide gefertigt ist. Wann immer wir in der Öffentlichkeit reden, verrenken sich die anderen Leute um uns herum ihre Nacken, um eine Chance zu bekommen, zu sehen, wo der magische Klang herkommt. Und wenn sie mit mir auf *Ga* spricht, schließe ich gerne meine Augen und stelle mir vor, zuhause zu sein. Ich brauche nicht in irgendeinem kognitiven Sinn zu verstehen, was sie sagt, weil die Melodie das Notwendigste enthält. Nichtsdestotrotz, aufgrund der wenigen Schlüsselworte, bei denen es mir gelungen ist, mich seit meiner Kindheit daran festzuklammern, weiß ich, dass Ama Floskeln mit mir austauschte, um das Gespräch in Gang zu setzen. Solange sie sich auf Fragen beschränkt, die nur ein einfaches „ja" oder „nein" als Antwort verlangen, kommen wir zurecht.

„ … ?"

„Ja."

„ … ?"

„Ja."

„ … ?"

„Ja."

Sie sieht mich an, als ob sie erwarten könne, mehr als einsilbige Antworten aus mir herauszubekommen. Aber das wird nicht passieren. Mein *Ga* reicht, selbst wenn es mir richtig gut geht, nicht für besonders lange Sätze aus. Und an diesem bestimmten Nachmittag muss ich meine ganze Kraft und Aufmerksamkeit darauf konzentrieren, den einen Fuß vorsichtig, methodisch vor den anderen zu setzen. Jedes Mal, wenn es mir gelingt, betrachte ich es als kleines Wunder.

Wir erreichen den Eingang des Parks. Ama wechselt ins Englische über. Es hat nicht den Vorteil, hier so außergewöhnlich wie *Ga* zu sein, aber immerhin kann das Gespräch das „ja"-„nein"-Niveau verlassen.

„Was ist passiert?"

„Till hat mich verlassen."

Schweigen.

Ama weiß nicht, was sie sagen soll, und ich wüsste nicht, wie ich zuhören sollte, also ist es perfekt für mich, dass wir den Rest des Weges zu einem ruhigeren Teil des Kreuzbergs schweigend fortsetzen. Es fühlt sich gut an, nicht überstrapaziert zu werden. Mein Atem wird tiefer, meine Muskeln lockern sich, meine Gedanken schwirren frei durch meinen Kopf; gehen zu Orten, wo ich sie nicht hinlassen darf, wenn der Rest meiner Familie um mich herum ist, wenn meine Verantwortung als Mutter wie eine Tonne Ziegelsteine fest auf meinem Haupt ruht. Die Tränen fließen, aber ich fühle mich frei. Ama nimmt meine Hand in ihre.

Wir setzen uns und schauen den anderen zu, wie sie die Nachmittagssonne genießen oder mit ihren Eltern den Kauf heißer Schokolade verhandeln oder mit ihren Hunden schmusen. Meine Augen konzentrieren sich auf eine hochschwangere Frau, die ihr Mobiltelefon unter ihr Kopftuch geklemmt hat und sich aufgeregt auf Türkisch unterhält. Ich schaue schnell zur Seite, aber schaue dann doch langsam wieder zurück. Sie ist schön und offensichtlich sehr glücklich. Ich frage mich, ob sie eine Ehefrau oder eine Geliebte ist.

„Er liebt eine andere Frau."

Ama sieht aus, als hätte man ihr gerade in den Bauch geboxt. Ihr Kummer hilft mir irgendwie. Ich konnte noch mit niemandem darüber reden, seitdem Till es mir gesagt hat, und ich bin irgendwie froh, dass sie die Neuigkeiten offenbar genauso bitter und schmerzhaft empfindet wie ich.

„Er ist gestern gegangen. Er hat bereits eine Wohnung gemietet. Er sagt, irgendwo in der Nähe vom Mehringdamm. Ich weiß nicht genau wo …"

„Kennst du sie?"

Warum, von allen Dingen, die sie hätte sagen können, fragt sie mich das? Ich sehe Ama an, um mehr herauszufinden, mein Gesichtsausdruck, eine Mischung aus tiefer Traurigkeit und ein wenig Verwirrung. Sie meidet meinen Blick und drückt meine Hand. Monate später, wenn ich an diesen Moment zurückdenke, wird mir sofort klar werden, dass ich es hier gefühlt habe: Ama weiß es bereits. Aber im Moment schließe ich einfach meine Augen. Es gibt keinen Platz für mehr Schmerz. Und es ist mir egal, wer die andere Frau ist. Till könnte in einem Harem leben – es spielt alles keine Rolle, solange er nicht bei mir ist.

„Es ist irgendeine Frau, die er kennengelernt hat, als er nach Möhlau gegangen ist – weißt du noch? Mit Kareem?" Ich schaue wieder zu Ama und fahre fort zu sprechen, „Danach hat er sie scheinbar dort besucht – ziemlich oft."

Mir ist plötzlich danach zu lachen. Zuerst schnaube ich verächtlich. Es ist nicht attraktiv, aber Ama ignoriert es. Dann kichere ich in mich hinein. Jetzt lache ich wirklich … lauthals … beinahe hysterisch. Ich denke an das Klischee und mir wird klar, dass es wahr geworden ist. Wie blind ich doch war.

„Ama, kannst du es glauben?", frage ich, abwechselnd lachend und weinend. „Er hat mir doch tatsächlich erzählt, dass er länger arbeiten musste! Jedes Mal! Kannst du dir vorstellen, dass ich darauf hereingefallen bin?!"

Ama schüttelt ihren Kopf, langsam, traurig. Sie sieht aus, als würde sie ersticken – es verwirrt mich, aber ich gehe nicht näher darauf ein. Ich hebe meine Arme in die Luft und sage, beinahe singend, „Till hat mich für eine illegale Einwanderin verlassen!"

Ama streichelt mein Knie, als ich wieder zu weinen anfange. „Sie ist nicht illegal, Sister …", sagt Ama sanft, „ … Menschen können nicht illegal sein …"

„Ich gebe einen Scheißdreck auf die neuste politisch korrekte …"

„Es tut mir leid …"

„ … sie ist illegal für mich!"

„ … es ist schon okay, es tut mir leid …"

„ … ich hoffe die beiden verrecken in der Hölle!", schreie ich.

Die schwangere Frau dreht sich um, um uns anzugucken. Ama legt ihre Arme um meine Schultern und hält mich fest. Ich verdecke mein Gesicht mit meinen Händen, aber lasse mich immer noch nicht ganz fallen. Ich kann nicht. Wenn ich es tue, werde ich mich vielleicht nie wieder fangen können.

*****

Die dritte Gewissheit in meinem Leben ist, dass Abgabefristen soziale Phänomene sind – sie kommen selten allein. Wieder einmal arbeitete Till wie verrückt, um eine entscheidende Präsentation bei der Arbeit fertigzustellen, und würde noch für mehrere Stunden nicht zuhause sein. Ich war kurz davor, eine Seminararbeit über den Symbolismus in *Der Besuch der alten Dame* abzuschließen, als ich seinen Anruf bekam. Till und ich rangen für mehrere Minuten miteinander. Es tat ihm schrecklich leid, aber er hatte keine Wahl. Ich war verletzt und wütend, aber konzentrierte mich sehr darauf, konstruktiv zu sein.

„Wann wirst du fertig sein?"

„Ich weiß es wirklich nicht. Kathrin muss es abzeichnen. Es kommt wirklich drauf an …"

„Du weißt, dass Beth auf dich wartet?"

„Scheiße."

Ich konnte hören, wie Tills Atem sich veränderte. Er hatte ihren ohnehin schon verschobenen Termin schon wieder vergessen.

„Ist sie da? Kann ich mit ihr sprechen?"

Ich sah Beth an – sie schüttelte traurig ihren Kopf und seufzte. Sie hatte genug durch den Hörer und durch meine Körpersprache gehört.

„Sie ist im Bad", log ich. „Sprich einfach mit ihr, wenn du nach Hause kommst." Ich wollte hinzufügen: „falls du nach Hause kommst", aber beschloss, dass das zu weit gehen würde.

„Sag ihr, dass es mir leid tut. Wirklich …", sagte Till leise.

„Ja“, erwiderte ich. „Sie weiß das bereits.“ Ich wollte hinzufügen: „sie will nicht deine Entschuldigungen, sie will, dass du zu deinem Wort stehst“, aber dachte, dass das auch nicht viel bringen würde.

Till und ich versuchten, das Telefonat zivilisiert zu beenden, aber die feindseligen Untertöne waren da. Ich brauchte mehrere tiefe Atemzüge, um mich zu beruhigen. Beth stand leise auf und ging in ihr Zimmer. Irgendwann zog ich mich in meines zurück und legte mich an meinem Lieblingsplatz auf dem Boden neben dem Fenster.

Es fühlte sich an, als ob nur Sekunden vergangen wären, aber es muss gute 30 Minuten später gewesen sein, als ich Beths Stimme hörte …

granatsplitter (419): „ ... ich

habe dich **nie** wirklich geliebt

“

...

eins

Auntie lebt nicht mehr.

Als ich ein Kind war, hatte sie die äußerst lästige Angewohnheit, Teile alter Seife zusammenzupressen, um sie für allgemeine Wasch- und Hygienezwecke zu benutzen. Die fragmentierten Überreste von einst einzelnen Seifen von *Imperial Leather*, *Dove* und *Lux* (oder eigentlich die billigeren Supermarkt-Eigenmarken-Versionen dieser) wurden grob zusammengedrückt und wurden in diesem Prozess wiedergeborene Seifenstücke – vielleicht nicht optisch, aber funktionell. Wären sie im Hause eines reichen Menschen gewesen, hätten diese bunten und vielfältig duftenden Klumpen als Kunstwerke durchgehen können. Ich, ich wollte nur jede Gelegenheit, die sich mir bot, nutzen, um sie loszuwerden. Manchmal, wenn ich eine weiße Freundin zu Besuch hatte, ging ich so weit, sie in den Mülleimer zu werfen –

„Womit kann ich meine Hände waschen?"

„Oh ... wie ärgerlich ... uns ist gerade die Seife ausgegangen ..."

Sie waren einigermaßen zufrieden damit, Geschirrspülmittel zu benutzen, und ich war einigermaßen zufrieden damit, am nächsten Tag den Preis in der Schule zu bezahlen, indem ich mir die neueste Ausgabe von „komische-Dinge-die-Afrikaner-machen" anhörte.

Meine weißen Freunde hatten immer diese *schönen* Seifenspender in ihren Badezimmern. Pfirsich Melba mit passenden Handtüchern und Potpourri. Genau wie in den Versandkatalogen. Wir haben übrigens mal das mit dem Potpourri ausprobiert. Es war an einem der Besuchstage meiner Eltern. Sie verstanden das Experiment falsch und lachten Auntie dafür aus, „Müll" auf dem Wohnzimmertisch in der teuersten Glasschale des Hauses liegengelassen zu haben. Später, am selben Tag, meckerte Auntie – sowohl über mich, weil ich es weggesaugt hatte, als auch über meine Eltern, weil sie so „working class" sind. Seifenstückchen zusammenzupressen ist offensichtlich nicht „working class". Es ist wirtschaftlich. Das ist etwas ganz und gar anderes.

Selbst nach all den Jahren war Auntie immer noch nicht richtig in London angekommen. Und wir schienen immer unsere Hintertür offen zu haben – bildlich gesprochen jedenfalls. Ich wuchs damit auf, zu glauben, es sei vollkommen normal, dass in Erwachsenenschlafzimmern mehrere große Koffer und eine Truhe standen, gefüllt mit Gegenständen, angefangen mit großen Sparpackungen Zahnbürsten, über mehrere Sammlungen von „drei-kaufen-zwei-bezahlen"-Packungen von Cornflakes, bis zu einer Vielzahl von Plastiksandalen (verschiedene Farben) mit dazu passenden Plastik-Korbtaschen (sie hatten offenbar großartig im Schaufenster ausgesehen). Wir bereiteten uns stets darauf vor, nach Hause zurückzukehren. Auntie tut es immer noch.

Das letzte Mal, dass Auntie lebte, war sie ein optimistisches und ehrgeiziges Kind auf einem Bauernhof in einem Randbezirk von Accra, kurz davor, in ein Flugzeug zu steigen, auf dem Weg zu dem paradiesischsten Ort diesseits des Lichts. Sie hatte gerade geheiratet, aber hatte noch nicht realisiert, was das wirklich praktisch bedeutete, da ihr Ehemann noch am selben Tag der Hochzeitszeremonie abgereist war, scheinbar, um Sachen in London für sie vorzubereiten. London, die Hauptstadt von England und der Ort, an dem sie lernte, nicht damit aufzuhören, Seifenstückchen zusammenzupressen.

Auntie muss wunderschön gewesen sein, denn ihr Ehemann wird die Wahl zwischen Mädchen aus einem Umkreis von Meilen gehabt haben – und ich nehme an, er war ein oberflächlicher Mann. Ich habe ein oder zwei Fotos von Auntie aus dieser Zeit gesehen. Etwas, was an wunderschön erinnert, verbirgt sich immer noch in ihrem Lächeln – *wenn* sie lächelt. An diesem Morgen sah ich ihr dabei zu, wie sie leise dasaß, ihre Bibel las und traurig vor sich her summte. Es gibt, so scheint es, nichts mehr, worüber sie glücklich sein könnte. Es geht jetzt nur noch darum, zu warten.

Zwei Tage bevor die Zeit stehenblieb, hatte ich Auntie gebeten, nach Berlin zu kommen, weil ich wusste, dass Till mich verlassen würde. Wir versuchten alle, es zu ignorieren. Ich zwang mich dazu, besonders nett zu ihm zu sein. Die Kinder stritten sich nicht in seiner Gegenwart. Wir sahen uns alle zusammen eine lustige DVD an, am Abend bevor Auntie eintraf, und Ash lachte etwa eine Sekunde zu lang bei jedem Witz und vergewisserte sich jedes Mal bei Till, während er dies tat. Beth blieb an dem Abend zuhause – sie und Till spielten Schach (er ließ sie gewinnen und sie tat so, als ob sie es nicht bemerkte), während Ash und ich uns gegenseitig etwas vorlasen. Später liebten Till und ich uns auf eine verzweifelte Art und Weise und schliefen Hand in Hand, aber an entgegengesetzten Enden des Bettes ein.

Till holte Auntie am nächsten Tag vom Flughafen ab und hatte ihr scheinbar die Umarmung eines wandelnden Toten gegeben. Daher wusste auch sie, dass es vorbei war. Wir sprachen nicht darüber beim Abendessen. Und wir sprachen nicht darüber am nächsten Morgen beim Frühstück. Dann, nachdem Till zur Arbeit losgegangen war, wobei er auf dem Weg Beth und Ash zur Schule brachte, fing Auntie an zu weinen. Und das half mir überhaupt nicht.

„Soll ich jetzt Mitleid mit dir haben oder was?“

Diese Frage schwebte irgendwo zwischen meinem Gehirn und meiner Zunge, aber sie verließ nicht meinen Mund, obwohl mir übel davon wurde und es mich eine gewaltige Menge Selbstdisziplin kostete, sie nicht in ihre Richtung zu spucken. Aber ich fragte sie auch nicht, was los war. Ich vermied es in der Tat gänzlich, sie anzusehen. Sie saß allein und schluchzend dort. Ich verließ den Raum, in dem sie litt, und brachte meinen eigenen Schmerz irgendwo hin, wo es mehr Platz dafür gab.

Es war viel später am Nachmittag, als unsere geröteten Augen sich kurz beim Mittagessen trafen. Wir waren nie ehrlich miteinander gewesen, es ergab keinen Sinn, eine scheinbar erfolgreiche Strategie jetzt zu ändern. Wir redeten über die Lebensmitteleinkäufe, die noch gemacht werden mussten, meine bevorstehende Abgabefrist für meine Doktorarbeit und ihr zurückgezogenes Angebot, die Zwillinge an der Schule zu treffen und sie zu einer heißen Schokolade einzuladen. Es war nicht wirklich praktikabel, weil sie den Weg dorthin nicht kannte, und sich nicht traute, jemanden nach dem Weg zu fragen, obwohl ich mehrere Male zugesichert hatte, dass die meisten Leute gut mit ihrem Englisch klarkommen würden (ja, selbst mit ihrem ghanaischen Akzent) und in der Lage sein würden, ihr zu helfen, und nicht versuchen würden, sie auszutricksen oder in die falsche Richtung zu schicken, absichtlich oder nicht. Ich hätte angeboten, ihr den Weg zur Schule zu zeigen, aber ich habe das schon mehrere Male getan. Also nickte ich nur und stimmte ihr zu, dass es keinen Sinn machen würde, wenn sie ging. Ihr war – ja das ist wahr – die deutsche Art immer noch fremd. Anschließend saßen wir wieder in Schweigen gehüllt.

Ich habe Angst, so wie Auntie zu werden.

*****

Till spricht mit mir auf deutsch, was ohnehin unsere Sprache für „ernste“ Gespräche ist.

„Es macht keinen Spaß mehr“, sagt er.

Ich denke darüber nach, was er sagt – was er sagen wird – und überlege, ob es auf Englisch freundlicher, behutsamer wäre: *It's no fun anymore …*

„Spaß?”, schnaube ich. Es bricht irgendwie aus mir heraus. Ich halte inne und sehe mir den Balkon gegenüber an, den mit den hübschen Blumen. Offensichtlich haben die keine Kinder.

„Da gab es so etwas, genannt Trauungszeremonie …”, fahre ich verächtlich fort. „Ich erinnere mich, dass du da warst …

und sowas wie ‚in guten wie in schlechten Zeiten' gesagt hast …"

Ich antworte normalerweise nicht auf Englisch, wenn ich wütend bin, aber dies wird unter „außergewöhnliche Anlässe – Ausnahmen, welche die Regel brechen" abgeheftet. Meine Stimme ist eisig gefasst. Er schüttelt jetzt seinen Kopf und sieht vollkommen verzweifelt aus. Verwelkend. Verlierend. Verloren. Mein Herz zieht sich zusammen. Ich beiße mir auf die Lippen. Sie bluten ein wenig. Die Uhr tickt.

Till schaut mir in die Augen, länger als in den gesamten letzten sechs Monaten zusammen, was nicht viel aussagt.

„Es macht mir *keinen Spaß mehr."*

Die nachdrückliche Betonung des Wortes „mir" macht den entscheidenden Unterschied. Till hat endlich eine klare Grenze gezogen. Wir bleiben nebeneinander stehen und blicken auf das Straßengeschehen unter uns. Alles wie gehabt. Und dennoch wurde soeben die Welt auf den Kopf gestellt. Ich brauche eine Weile, um zu realisieren, dass diese zwei Tatsachen sich nicht gegenseitig ausschließen. Genau genommen werde ich in ein paar Wochen immer noch daran zu knabbern haben.

Ich halte mich am Balkon fest, mein Griff wird deutlich fester. Till schickt sich an, meine Hand zu berühren – das ist nicht gänzlich unangebracht … aber ich will es nicht. Ich ziehe meine Hand abrupt zurück, und um das zu überspielen, kratze ich stattdessen meinen Arm. Er sieht verletzt aus, aber um ehrlich zu sein, ist mir das egal. Damit meine ich: Ich will, dass es mir egal ist.

Und dann fängt er an zu reden. Unentwegt. Ich würde sogar sagen unkontrollierbar. Worte strömen aus seinem Mund heraus, so viele, dass sie nicht von seiner Brust gehalten werden können. Sie fallen auf den Boden des Balkons und schlüpfen durch die Lücken im Geländer auf den Gehweg. Sie springen sanft hoch, bevor sie in die Gosse fallen. Es ist komisch, wie ich den Aufprall der Worte auf den Betonplatten unten tatsächlich hören kann, aber absolut keine Ahnung habe, was Till mir zu sagen versucht. Und das Rauschen in meinen Ohren wird lauter. Ich sehe ihn an und ich sehe, wie sich seine Lippen bewegen, sehe die Tränen durch seinen Bart fallen, sehe den Rotz, der sich auf seiner Oberlippe sammelt, ich sehe ihn zittern. Aber ich kann verdammt nochmal nicht hören, was er sagt.

„Was Till? Was?"

Hört er mich? Verlassen diese Worte wirklich meinen Mund? Was weiß ich? Ich wünsche mir sehnlichst, dass dies nicht passieren würde, aber gleichzeitig bin ich vollkommen ruhig. Vollkommen ruhig, und ich weiß, dass dies meine einzige Chance ist. Ich hoffe, dass dies Alles, wenn ich nur still genug bleibe, einfach weggehen wird. Aber ich merke, je stiller ich bin, desto panischer wird Till, was irgendwie ärgerlich ist, schließlich ist *er* das Arschloch, das *mich* verlässt. Er fängt gerade an, mir schrecklich Leid zu tun, als ich ihren Namen höre.

„Hast du gerade das gesagt, was ich denke?"

Till hört auf zu sprechen und atmet tief ein. Okay, also diese Worte sage ich immerhin tatsächlich laut. Oder vielleicht ist Till nur langsamer geworden, weil er müde ist. Er beginnt seinen Satz von vorne:

„Desta und ich …"

Das ist schon mehr als ich wissen wollte, und er weiß es. Seit wann schließen die Worte „Till und …" meinen Namen nicht mehr mit ein? Till stockt und hält inne – der Satz bleibt halb leer.

Er fragt mich, was ich gerade denke. Ich lächle nur …

Danksagung für die Übersetzung ins Deutsche

Eines Tages Ende 2010 habe ich mir vorgenommen, einen kleinen Roman zu schreiben. Ich wusste, hätte ich dieses Ziel für mich behalten, wäre die Gefahr groß gewesen, dass nichts daraus geworden wäre. Darum habe ich es einigen Mitgliedern meiner Wahlfamilie gesagt – unter anderem Mirjam. Sie war sofort begeistert von der Idee, also habe ich geschrieben. Ein Jahr lang. Zwischendurch hat Mirjam immer Auszüge gelesen und mir ihr Feedback dazu gegeben. Sie hat mich ermutigt, weiterzumachen. Sie hat auf meine Kinder aufgepasst. Sie hat für mich gekocht. Schließlich hat sie Ausschnitte des Buches ins Deutsche übersetzt, damit ich Lesungen mittels einer klugen Powerpointpräsentation auch im deutschsprachigen Raum veranstalten könnte. Ich habe 2012 zwei wunderbare Wesen zur Welt gebracht: die Novelle „the things i am thinking while smiling politely“ und Elijah, der jüngste von meinen vier tollen Söhnen, auf die ich wahnsinnig stolz bin.

Es war und bleibt eine Ehre, dass Mirjam zugestimmt hat, Elijahs Patenmutter zu werden.

Es war und bleibt eine Ehre, dass Mirjam das Buch übersetzt hat. Für beide dieser Aufgaben war und bleibt sie die einzig richtige Person.

Mirjam - ich bin zutiefst dankbar, dass es dich gibt. Von deiner Zeit, deiner Kraft, deinem Spirit, deiner Liebe profitiere ich jeden Tag.

Obwohl Mirjam so eine zentrale Figur in der Entstehung dieser Novelle ist, wäre diese Danksagung ohne Carina unvollständig. Nachdem Mirjam 12 Monate lang an der Übersetzung gearbeitet hatte und sie fertig gestellt hat, haben Mirjam, Carina und ich uns weitere 3 intensive Monate mit dem Korrekturlesen der Novelle beschäftigt. Wir haben uns außerdem sowohl mit großen philosophischen Konzepten als auch mit einzelnen Begriffen auseinandergesetzt (warum gibt es kein deutsches Wort für „bonding“? Was machen die Leute hier mit ihren Hunden?). Carina blieb stets am Ball, mit ihren Ideen, Inspirationen, mit ihrer Geduld.

Carina, vielen lieben Dank für deine wunderbare, sorgfältige Arbeit.

Sharon Dodua Otoo, Mai 2013

Danksagung für die englische Originalversion

Es heißt, die nigerianische Autorin Buchi Emecheta habe einmal gesagt: Du brauchst keinen Babysitter, um ein Buch zu schreiben – du brauchst *Babys*, um ein Buch zu schreiben.

Gott sei Dank! Glücklicherweise bin ich reich an Babys :-)

Zuerst und vor allem möchte ich darum dir, Dion, dir, Tyrell und dir, Lewis danken, für euren Humor, eure Energie, eure Lebensfreude, eure Ideen, eure Diskussionen, eure Einstellung, eure Hartnäckigkeit – Es ist mir eine Freude und eine Ehre, mein Leben mit euch allen zu teilen.

Meine Lektorin und gute Freundin Amy Lynn Riley war wirklich wundervoll während der gesamten Arbeit an diesem Buch – zuverlässig, fleißig, inspirierend und immer ermutigend. Mir ist gar nicht aufgefallen, wie eingedeutscht mein Englisch geworden war, bis ich ihre ersten Korrekturen erhalten habe … Ich danke dir, Amy, dafür, dass du an mich, auch als Schriftstellerin, geglaubt hast.

Diese Novelle gibt es, weil du „Ja!“ gesagt hast.

Meine berliner Lesegruppe bestand aus Daniele Daude, Mirjam Nuenning, Dirk Ludwig, Joerg Hammer und Ralf Steinberger. Ich bin zutiefst dankbar für jede_n einzelne_n von euch. Ich habe unsere Diskussionen, unser Lachen, unser gemeinsames Philosophieren sehr genossen und fand eure

Ideen und Kommentare extrem hilfreich. Ihr werdet euren Einfluss auf diesen Seiten wiederfinden. Danke.

Die Mitglieder meines virtuellen Lesenetzwerkes – Allyson Otoo, Ianessa Norris, Neil Ansell und Kitty Ahmed – sind alle zu unterschiedlichen Zeiten in das Projekt eingestiegen. Euer Feedback war aufschlussreich, von unschätzbarem Wert und, in einigen Fällen, wirklich bewegend. Danke für eure Zeit, eure Geduld und euer Vertrauen. Ich hoffe, das, was letztendlich dabei herausgekommen ist, gefällt euch …

Mein Cousin Stephen Lawson in Ghana gab mir eine kostenlose Beratung zu ghanaischen Namensgebungs-Bräuchen bei Zwillingen. Stephen, *Oyiwala doŋ*! Ich hoffe, mein Buch zu lesen, wird dir Freude machen.

Durch die gemeinsame Anstrengung so vieler wunderbarer (Test-/Korrektur-)Leser_innen und Berater_innen wurden viele der Grammatik- und Logikfehler, die ich ursprünglich gemacht hatte, ausgebügelt. Trotzdem bin ich mir sicher, dass ich es geschafft habe, hier und da noch ein paar hineinzumogeln. Für diese Fehler übernehme ich allein die volle Verantwortung.

Obwohl ihr nicht direkt an der Entstehung dieses Buches beteiligt wart, wäre es nachlässig von mir, Nzitu, Asad (***nakupenda***), Pasquale, Gonza, Bona und Mirjam (meine chopsis <3) hier nicht zu erwähnen – Danke für all die Liebe, die Inspiration, das Lachen, die Poesie, die Träume, die Musik, das Essen … Liebe geht wirklich durch den Magen!

Markus Weiss hat mit dem Cover fantastische Arbeit geleistet, und das extrem kurzfristig, einfach als Akt der Solidarität. Markus, ich weiß es wirklich sehr zu schätzen – Herzlichen Dank!

Willi Bischof von der edition assemblage hat mich, seit wir uns kennen, immer felsenfest unterstützt. Willi, du hast all meine verrückten Ideen toleriert, dich für mich bei mehreren Gelegenheiten weit aus dem Fenster gelehnt und bist wegen mir große Risiken eingegangen: Danke! Ich werde dich nicht enttäuschen! In zwei Jahren schauen wir zurück und lachen gemütlich …

Dirk – von dir habe ich das größte Geschenk bekommen, an dich geht der größte Dank …

Du hast mich stets mit allem versorgt: Platz, Raum, Zeit, Unterstützung, positivem Zuspruch, kritischem Feedback und Liebe (ganz abgesehen von *Talern*!) – ohne dich würde es dieses Buch einfach nicht geben. Ich bin eine Frau, die sich *sehr* glücklich schätzen kann.

Dieses Buch ist meiner Mum gewidmet: Je mehr ich nachdenke, desto besser verstehe ich. Danke für alles, was du getan hast und immer noch tust. Lass bitte die Okra-Suppe weiter fließen … :-)

Glossar

bee-atch

Eine andere Art „bitch“ zu sagen, was in diesem Kontext humorvoll gemeint ist

Call for Papers

Eine in wissenschaftlichen Kreisen gängige Aufforderung, Beiträge zur Veröffentlichung einzureichen.

Cornrows

Eine Haarflechttechnik, bei welcher die Haare in Reihen sehr eng an der Kopfhaut geflochten werden.

Cracker

(Amerikanisches Englisch) Abwertende Bezeichnung für *weiße* Menschen.

Customer Service

Kund_innenservice

disappariert

(Britisches Englisch) Verschwinden (auf magische Weise), ein Wort, welches von der „Harry Potter"-Autorin J.K. Rowling (1965) erfunden wurde.

Ewe

Der Name einer westafrikanischen (hauptsächlich im östlichen Ghana, Benin & Togo) Gesellschaft und der Sprache, die sie sprechen.

Fufu

Ein stärkereiches westafrikanisches Gericht aus gestampftem Wurzelknollen (Maniok, Jamsknollen) oder Kochbanane, welches üblicherweise mit Suppe serviert wird.

Ga

Der Name einer ghanaischen Gesellschaft und der Sprache, die sie sprechen.

Kenkey

Westafrikanisches Gericht aus fermentiertem Mais, in Form

eines säuerlichen Kloßes, welches üblicherweise mit Suppe, Eintopf oder Soße serviert wird.

Lahmacun

(Türkisch) In Deutschland auch als Türkische Pizza bekannt; ein Fladenbrot, welches mit Hackfleisch und Gewürzen bestrichen wird.

"Last night a DJ saved my life"

Ein Lied aus dem Jahr 1982, welches von Michael Cleveland für die US-amerikanische R&B/New Wave/Dance Gruppe Indeep geschrieben wurde.

"Let's Dred" Bienenwachs

Haarpflegeprodukt aus Bienenwachs speziell zur Pflege von Dreadlocks.

Libation

Traditionelles Dankesgebet für die Ahnen und rituelles Vergießen von Spirituosen (Gin oder Schnaps)

Okro

Ein Gemüse, welches auch als Okra, Bhindi oder Ladyfingers bekannt ist.

"One small step for man"

"That's one small step for (a) man, one giant leap for mankind." Zitat des US-amerikanischen Astronauten Neil Armstrong (1930-2012) nach seiner Landung als erster Mensch auf dem Mond.

Outdooring-Zeremonie

Ghanaische Namensgebungszeremonie, welche traditionell am frühen Morgen des achten Tages nach der Geburt des Babys stattfindet.

Patience

Der Vorname von Auntie. Bedeutet übersetzt ins Deutsche: Geduld.

Peters

Karl Peters (1856-1918). Deutscher Kolonialverbrecher, welcher wesentlich an der Gründung der Kolonie „Deutsch-Ostafrika" (im heutigen Tansania) beteiligt war.

Proposal

(Wissenschaftlicher/s) Entwurf, Exposee.

„rewind ma selector and come again"

Eine typische Phrase in Ragga-Songs, hier etwa „und das Beste nochmal"

sans poulet

(Französisch) Ohne Huhn.

Schwarz

Keine Bezeichnung für eine Hautfarbe oder biologische Kategorie, sondern ein(e) sozial konstruierte(s) Lebenserfahrung, Kulturerbe und Identität. Das großgeschriebene „S" drückt politischen Widerstand gegen Rassismus aus, welcher von Menschen erlebt wird, die als „nicht-*weiß*" bezeichnet werden und in einer *weißen* Mehrheitsgesellschaft leben. Das Wort *„weiß"* ist auch ein soziales Konstrukt, beinhaltet jedoch nicht den Aspekt des „Widerstands" und wird daher nicht großgeschrieben (siehe auch Eggers, Maureen Maisha et al (eds.) (2005:13) *Mythen, Masken und Subjekte,* Münster, UNRAST Verlag).

Shito

(Ga) Sehr scharfe ghanaische Pfeffersoße, welche üblicherweise als Beilage zu diversen westafrikanischen Gerichten serviert wird.

Whitey

Eine eher abfällig gemeinte Bezeichnung für *weiße* Menschen.

Working class

(Englisch) Arbeiter_innenschicht, Arbeiter_innenklasse

Zitat aus „Mutter Courage"

Dieses Zitat aus „Mother Courage" ist eine Rückübersetzung der englischen Übersetzung von Brechts Werk Mutter Courage von Eric Bentley aus dem Jahr 1965. Der englische Text lautet: „War is like love—it always finds a way". Dieses Zitat ist im englischsprachigen Kontext sehr bekannt. In der deutschen Originalversion jedoch, ist von einem direkten Vergleich zwischen Krieg und Liebe gar nicht die Rede (sondern vielmehr im erweiterten Sinne).

Die Originalausgabe:

Sharon Dodua Otoo

the things i am thinking while smiling politely

Novella in englischer Sprache

104 Seiten, 12.80 Euro

ISBN 978-3-942885-22-5

edition-assemblage.de - Februar 2012

Warum publiziert die edition assemblage auch hierzulande mehrsprachig?

Deutschland, Österreich und die Schweiz sind vielsprachige Einwanderungsländer. Hier fehlt uns eine Vielfalt nicht-deutschsprachiger Literatur, die sich mit den Themen der Menschen beschäftigt, die hier leben.

In der Reihe *Witnessed*, herausgegeben von Sharon Dodua Otoo und geschrieben von Schwarzen Autor*innen veröffentlichen wir in Kooperation mit Limited to You.

Sandrine Micossé-Aikins / Sharon Dodua Otoo (Ed.)

The Little Book of Big Visions

How to Be an Artist and Revolutionize the World

In englischer Sprache
Reihe: Witnessed, Bd. 1

157 Seiten, 14.80 Euro
ISBN 978-3-942885-31-7

Dieses Buch möchte einen Beitrag zu einem in Deutschland unterrepräsentierten Diskurs leisten, indem es eine Diskussion der aktuellen Situation Schwarzer Kulturschaffender in Deutschland ermöglicht und einen Fokus darauf legt, wie zeitgenössische Schwarze Kulturschaffende in Deutschland Visionen von Chancengleichheit schaffen und kommunizieren.